神様の子守
はじめました。
14

霜月りつ

この作品はフィクションです。
実在の人物・団体・事件などに
一切関係ありません。

神様の子守はじめました。14

目次

第一話

神子たち、初詣する

序

「あけましておめでとうごじゃいまーしゅ！」

池袋の青空に子供たちの声が響いた。

家を出たところでお隣の仁志田（にしだ）さんご夫妻に出会った羽鳥（はのとり）家の四人の子供たち。さっそく覚えたての挨拶を披露したのだ。

「まあまあ、みんな。ちゃんとお正月のご挨拶できてえらいわねえ！　はい、おめでとうございます」

仁志田利子（としこ）さんは相好を崩して身を屈めた。

「おばーちゃん、あーちゃんねー、もっとおしょうがつのごあいさちゅ、できるよ！」

「まあ、どういうの？」

「えっとねー、えっとねー、きん……きんがーしんしんしん！」

赤い髪の毛をあちこちはねさせた朱陽（あけび）が、おもちの食べ過ぎでぽっこりしたおなかを突き出す。

「ちがうよー、あけび！　きんかし、ねんねん、だもん」

その朱陽を押しのけて、蒼矢が自信たっぷりに間違う。

「あーちゃんもそーちゃんもちがう……きんがしんねん……」

サラサラした黒髪に一筋白い色を流した白花が遠慮がちに訂正した。

「……がしょーん」

玄輝は言葉と同時に右手を挙げ、五本の指を曲げて突き出す。懐かしい昭和のギャグだが、仁志田夫妻は知っていたらしく、大ウケだった。

「明けましておめでとうございます。今年もよろしくお願いします」

子供たちの後ろで羽鳥梓も頭をさげる。昨年は本当にいろいろとお世話になった。朱陽や白花は自分の家のように出入りしているし、夫妻の家に飼われている猫のチヨさんは由緒正しいネコマタで、子供たちをサポートしてくれることもある。

「明けましておめでとうございます。こちらこそ今年もよろしくお願いしますね」

子供たちの頭を撫でていた夫人は、優しい目をあげて梓に微笑んだ。

仁志田氏が腰を伸ばす。

「明けましておめでとう。これからおでかけかな」

「はい、さくら神社に初詣に行こうと思って」

梓は近所にある古い神社の名前を言った。

「おお、そうか。わしらは今、別の神社に初詣に行ってきたんだが、あとでさくら神社にも参ってみよう」

「はい、ぜひお参りに行ってあげてください。神様も喜びます」

梓の言葉に仁志田夫妻は顔を見合わせてほっこりと笑った。

「神様が喜ぶ、か。最近そんなことも考えなくなったなあ。羽鳥くんは若いのに信心深いね」

梓はそう言われて曖昧に笑った。信心深いもなにも、今一緒に暮らしている子供たちこそ神様だ。

去年の二月、就職祈願をしていたら神様に雇われて子育てをすることになってしまった。その場所こそがさくら神社だ。そして約一年、日々成長する子供たちと泣いたり笑ったりして過ごしてきた。

そして今年も変わらない日々を祈るために初詣に行く。

「そうそう、ちょっと待ってね、おばあちゃん、みんなにお年玉をあげようと思って用意してたのよ」

仁志田夫人が急いでハンドバッグに手をいれた。梓はあわてて両手を振る。

「あ、いえ、そんな。申し訳ないです」

「なにを言ってるの。去年ずっと子供たちのおかげで楽しい時間を過ごせたんだから……

ほら、あった」

　夫人がバッグの中からとりだしたのはカラフルな模様が描かれているポチ袋だ。

「わー、かわいい！」

　朱陽が袋を手に飛び跳ねる。

「なーになに、これ」

　蒼矢が太陽に袋をかざした。

「ありがとう、おばあちゃん……」

　白花は両手で持って頭を下げる。

「……」

　玄輝は眠たげな目を開けてにこりと笑った。

「すみません、ありがとうございます」

　子供たちが喜んで受け取ってしまったので、梓は恐縮して頭を下げた。

「いいのよ、実は図書カードなの。好きな本を買ってあげてね」

　仁志田夫人は照れくさそうに笑った。

「あらあらあら！　声がすると思ったら、やっぱり羽鳥さんちの四つ子ちゃん！　あけましておめでとう！　仁志田さんもおめでとう、あいかわらず仲のおよろしいこと、うらやましいわ！」

勢いのいい言葉がけたたましく連射される。向かいに住むミステリー作家、三波潮流(みなみちょうりゅう)先生の家に住み込みで働く家政婦、高畠(たかはた)さんだ。

「あけましておめでとーうございましゅ！」

その声に負けじと子供たちも声を張り上げる。高畠さんは「あらあらまあまあ」を二倍速で四回繰り返した。

「なんってかわいらしいの！　みんなどこ行くの？　初詣かしら初売りかしら、初詣？　さくら神社？　あらあらまあまあ！　うちなんて先生は年始から締め切りに追われているのよ、去年の二〇日が締め切りだったのにぜんぜん書けなくて、ようやく軌道に乗ったのが紅白見てたときだっていうんだからもうどうしようもないわよね！　おかげさまで四つ子ちゃんをモデルにしたシリーズが売れていて、嬉しい悲鳴よ！　今度テレビスペシャルになるんですって、って、あらあらまあまあ、これまだ極秘情報だったわ、忘れてね！」

情報量が多すぎて覚えきれないが、とりあえず作品がドラマ化されることはわかった。三波先生のファンの翡翠(ひすい)がいなくてよかった、と梓は思う。いたらまた感激のあまり泣き出してこのあたりを水浸しにするだろう。

「わたしたちもあとでさくら神社に詣でようと思っているんですけど、高畠さんもいかが？」

仁志田夫人が柔らかく割ってはいる。それに高畠はパチンと手を打った。

「いいわねえ！　さくら神社なら近所だし、センセをひっぱって行ってみるわ、ほっとくと椅子に根っこ生やしちゃうから。それじゃ、またあとでね！」

高畠は来たときと同じようにあっという間に去っていった。

「いやいや、正月から台風が来たみたいだったなあ」

仁志田氏がぽつりと言う。

「あなたってば」

夫人が笑いをこらえてわき腹を肘でつついた。

「おー、そーやあ！」

後ろから幼い声が聞こえた。振り向くと青い軽自動車がゆっくりと走ってくる。窓から顔を出して手を振っているのは優翔くんだ。

「ゆーしょー！」

優翔くんは蒼矢の一番の友達だ。親友と言ってもいい。毎日のように公園で遊び、以前、一緒に魔縁天狗にさらわれたこともある。

「ゆーしょー、あけましたー！」

「おめでとー、そーや！」

いろいろとすっ飛ばして二人は新年の挨拶をした。

「ゆーしょー、どこいくの？」

「うん、はつもーでっていうのにいくの」

「そっか。おれもいまからいくんだ」

「じゃ、おんなじだ」

「おんなじだ」

優翔くんは車の窓から手を伸ばした。蒼矢がその手をパシンと叩く。

「じゃあな」

「おう」

言葉だけ聞くとずいぶん大人びた会話だが、二人ともまだ幼い顔で言い合っているので微笑ましくなる。せいいっぱい大人の真似をしたい年頃なのだ。

「しっかりおまいりしろよー、ゆーしょー！」

「そーやもな！」

運転している優翔くんのママと助手席のパパが、梓や仁志田さんに車の中から頭を下げた。梓もぺこりとお辞儀をする。後部座席に乗っている優翔くんは、こちらを振り返ってずっと蒼矢に手を振っていた。

「じゃあ、俺たちそろそろ行きます」

梓は夫妻に頭を下げた。

「はい、いってらっしゃい」

門扉前で仁志田さんたちが手を振ってくれる。子供たちも両手を振り返し、「いってきまーしゅ！」と挨拶した。

一

「あけましておめでとうございましゅ！」

子供たちは本日三回目の声を上げた。

同時にさくら神社の本堂の扉が開き、二羽の大きな鶏が飛び出してくる。

「おそいぞ！」

「兄者、年始の挨拶がそれでは神使（しんし）としていかがなものでしょう」

胴体が白く、長い尾が黒い兄の伴羽（ともは）。全身が白く、片目鏡を右につけている弟の呉羽（くれは）。

二羽はこのさくら神社の神使だ。

「ともはちゃーん、くれはちゃーん、おめでとー！」

子供たちにとってみればダチョウほどもあるだろう。胴体や首に抱きつき甲高い笑い声をあげた。

「おうおう、立派な挨拶じゃ！　めでたい！」

「お上手ですね、みなさん。明けましておめでとうございます」

伴羽と呉羽は翼を大きく広げて子供たちの頭を撫でた。

「明けましておめでとうございます、伴羽さん、呉羽さん」

梓も子供たちの後ろで頭を下げる。

「遅かったではないか！　もう昼だぞ！」

うってかわって伴羽は梓には怒鳴る。

「すみません、お雑煮を食べたり年賀状を見たりしてたもので」

「明けましておめでとうございます、梓さん」

呉羽がぺこりと白い頭を下げた。

「兄者を赦してやってください。なにせ昨日の夜から今日の日を楽しみにしていたもので」

「うるさいわ、呉羽！　誰が寝ずに待っていたと言うのだ」

そうわめく伴羽の背中に朱陽がよじのぼり、首に腕を回す。

「ともはちゃん、おこっちゃやー」

「怒ってなどおらんわ！」

「あーちゃんたちねー。ともはちゃんにねんがじょー、かいてきたの」

「なに!?」

白花がにこにこしながら丸めた画用紙を差し出す。

「みんなでかいたから……おっきなねんじゃじょ……なの」

呉羽がそれを受け取り、翼で起用に広げてみる。そこには色とりどりのマジックで「あけましておめでとう」と書いてあった。下の方には鶏らしき絵も描いてある。

「おお！　これはわしか？」

「こちらは私ですね」

鶏の神使たちは画用紙をのぞき込んではしゃいだ声をあげた。

「これはすばらしい！　さっそく額にして神社に飾ろう」

「そうですね、嬉しいことです」

梓は怒りっぽい神使の機嫌が直ってほっとした。

「では、わしはみんなにお年玉をやろう。昨年からちゃんと用意をしておったのだぞ」

伴羽がふんぞり返って言った。さきほど仁志田夫人にお年玉をもらった子供たちは色めき立つ。

「おとしだまー？」

「ともはちゃんもくれんのー？」

梓ははっとして子供たちの前に立ちふさがった。毎回伴羽が勧めてくるものに思い当たったからだ。

「みみずなら結構ですからね！」

「だれがみみずをやると言った！」

「だんごむしもだめです！」

「虫から離れろ！　そうではない、用意したのはこれだ！」

伴羽の長い尾がばさばさと持ち上がり、子供たちの前で渦を描く。その黒い尾の中から白い卵が四つ現れた。

「たまごちゃんだ！」

子供たちは駆け寄ると一個ずつ卵をとりあげる。ちょうど子供の片手に乗るくらいの、うずらの卵ほどの小ささだった。

「と、伴羽さんてメスだったんですか……」

伴羽がとびあがって梓の頭に蹴りをいれる。

「ばかもの！　わしが生んだわけではないわ！」

「兄者の今年初蹴り……相変わらずキレのいい動きです」

兄のすることならことごとく肯定する弟が、うっとりとした目を向けた。

「わーい、あーちゃんたまごだいしゅきー」

「おれ、たまごやきにしゅるー」

「しらぁな……めだまやき、しゅき」

「……うでる」

子供たちはそれぞれ両手で卵を大事そうに抱え、頬ずりしたり匂いを嗅いだりしている。

「これはな、食べる卵ではないのだ」

伴羽は顎の下の肉垂れを翼で弾きながら言った。

「この中にはそれぞれおまえたちが必要とするものがはいっておる。そのときになったら自然と割れてきっとおまえたちを助けるだろう」

「えー？」

朱陽は卵を持ち上げて日差しに透かしてみた。だが、殻が厚いのか、中身は見えない。

「あーちゃん、おかしがいーなー……」

「カプセルかいじゅーじゃないの？」

蒼矢は卵を振り、耳を押し当てる。

「てきのかいじゅーとたたかうの、かっこいいといーな」

「たべられない、……の？」

白花は残念そうな顔をして卵をくるくると回す。

「たまごやき……めだまやき……しゅくらんぶるえっぐ……おむれつ……ほとけーき……かちゅどん……」

卵料理のバリエーションは豊富だ。

「……」

　玄輝は黙って卵をポケットに入れた。

「子供たちに卵をもたせるって危険じゃないですか？　すぐに割れちゃうでしょう」

「大丈夫ですよ、落としたりぶつけたりしても割れることはありません。本当に必要なときにだけ割れます」

　不安そうな梓に、呉羽が安心させるように言った。

「そうですか。ありがとうございます」

「おう、そうだ。アマテラスさまが子供たちの顔を見たがっておられるので、このままタカマガハラへ行くといい」

　伴羽がちょっとそこまで、という口調で梓の背を叩いた。

「えっ⁉」

「年始の挨拶は、本来、まずアマテラスさまにじゃろう。さあ、行こう」

「ちょ、ちょっと待ってください、まだ心の準備が……あああああっ！」

　周りが一瞬きらめいたかと思うと、次の瞬間には真っ白な小石を敷き詰めた地面の上に立っていた。

　目の前には檜造(ひのきづく)りの壮麗な大社(おおやしろ)が見える。

　どこまでも澄んだ青空に五色の雲が流れ、さわやかな香りただようここは――。

「タカマガハラ……きちゃったよ、しかも普段着で……」

梓は力ない笑みを浮かべて周りを見回した。足元の白い玉砂利（たまじゃり）がちりりと可愛い音を立てる。

「さあ、羽鳥梓と子供たち。アマテラスさまがお待ちかねじゃ」

二

「おお！　よくきた、子供たち！　羽鳥梓」

案内された部屋――そこは梓がアマテラスと会ういつものそっけない部屋だったが、その中でアマテラスは光り輝いていた。

今日はいつものパンツスーツではなく、薄い領巾（ひれ）を背に漂わせ、真っ白な神衣（しんい）を着て、額にはいくつもの宝玉で飾られた冠をいただく正装だ。

「うわ……」

物理的によろけるほどの圧（あつ）を感じる。

「羽鳥梓、無理をするな。膝をついた方が楽だぞ」

伴羽がこっそり言ってくれて、梓は急いで膝をついた。

立っている方がつらい。からだを支えるために両手を床につくと、そのまま拝礼の形になった。

「あ、あけまし……て……？」

梓は息も絶え絶えに言った。呼吸が苦しい。

「大丈夫か？　おい」

梓の様子に伴羽と呉羽が顔を見合わせ、アマテラスを見上げる。

「畏れながらアマテラスさま……」

「アマテラスさま、ちょっとその神光、おさえられんま。梓くんが気絶しそうやちゃ」

アマテラスの横から車いすに乗ったクエビコが声を出す。クエビコも今日はつなぎやオーバーオールではなく、古式ゆかしい神衣だった。

「おお、そうか。すまぬ、仕事中だったものでな」

アマテラスの体から光が消え、梓はようやく胸の中に詰まっていた空気を吐き出すことができた。

「……おめでとうございます」

なんとか続きを言うことができた。それでもまだ頭がずきずきくらくらする。

「あじゅさ、だいじょーぶ？」

朱陽が梓の頭をそっと撫でる。神の光に打ちのめされていたのは人間の梓だけだったようだ。子供たちも、一緒についてきていた伴羽や呉羽も平気な顔をしている。

朱陽が撫でてくれたおかげか、痛みが消え、意識もはっきりした。

「う、うん。もう大丈夫だよ。みんな、アマテラスさまにご挨拶は？」

「あ、そっか」

子供たちはてててと梓の前にでると、アマテラスに向かって両手をあげた。

「あまてらしゅ、さぁま、あけまちて、おめでとーう、ごじゃいましゅ――――！」

朱陽も蒼矢も白花も、そして玄輝も、ちゃんと大きな声を出すことができた。

もしアマテラスさまに会ったらこう言おうね、と昨日から練習しておいてよかった、と梓は胸をなで下ろす。

子供たちは去年はずっとアマテラスのことを特撮番組に出てくる戦隊の長官、九竜長官と呼んでいたのだ。ようやく正式名称を覚えてくれたらしい。

「おお、おお、おお……」

アマテラスは体を震わせた。

「なんとかわいらしいのだ……みんな見事な挨拶であったぞ！　上手だ上手だ！」

ばさりとたもとを床に広げてしゃがみこむと、アマテラスは順繰りに子供たちの頭を撫でた。

「あけましておめでとう、朱雀(すざく)、青龍(せいりゅう)、白虎(びゃっこ)、玄武(げんぶ)」

「えへへへへー」

ほめられて、子供たちは嬉しそうに、誇らしげに、恥ずかしそうに、笑う。両手を広げてアマテラスは子供たちを抱きしめた。

「嬉しいのう。新しい年に新しい四神の子らがこのタカマガハラにいるなど」

「まったくです。ここ数百年なかったことでございます」

呉羽が片眼鏡を翼で押し上げ、感無量な声で囁く。

「この国もまだまだ安泰(あんたい)が続くでしょう」

伴羽が翼を広げ、大きくときの声をあげた。それに呉羽も続く。朗々とした美しい鶏の声が、長く長く、タカマガハラに響いた。

「こんなに嬉しいことはないのう」

アマテラスはゆっくりと立ち上がった。

「羽鳥梓」

「は、はい！」

今は床の上に正座していた梓は、声をかけられ、緊張しながら返事をした。

「よく子供たちを卵から孵し、ここまで育ててくれた。礼を言うぞ」

「い、いいえ！　俺——僕は、僕は、僕の方こそ、子供たちを育てさせてもらえて……とても嬉しいです、ありがとうございます」

「まだまだ手が掛かるとは思うが、これからもよろしく頼む」

「は、はい！」

条件反射的に頭を床につけてしまう。神様に認められた誇りと喜びが体を貫き、全身の力が抜けて背を起こしていられなかった。

「あけましておめでとーごじゃいましゅ、くえびこのおじちゃん」

子供たちは今度はクエビコの車いすに殺到した。登場したときから気になっていたのだろう。今日の車いすはスポーツタイプのシャープなデザインで、前輪が一つ前に突き出し、斜めになった後輪が二つ。その後輪もオレンジとブルーのカバーがついたおしゃれなものだった。

「かっこいー！　これすげーはやいんでしょー？」

年末にパラスポーツの特集を見ていた蒼矢が興味津々といった様子で車輪をさわる。

「うん、自転車と追いかけっこできっちゃ」

「ぴっかぴかだねー、きれーだねー」

朱陽はフレームに自分の顔を映してみる。

「これはメインフレームにカーボンを使い、さらに高強度アルミを組み合わせて総重量約8キロ。軽くて頑丈や」

「しゅっごーい！　でもオタカインデショー」

「そやで、お値段は……」

クエビコがそっと朱陽の耳に囁く。朱陽は両手で頬を押さえ「んまー！」と変な声を上げた。

「朱陽！」

「そえ、アイシュクリームなんこかえる？」

梓は膝で這って朱陽を腕の中に抱き込む。ショッピング番組ばかり見せているのではないかと疑われそうだ。

「失礼なこと言わないの」

「しゅちゅれーってなーにー？」

朱陽は梓の腕に掴まるとぐっと反り返って見上げてきた。

「アイスクリームとクエビコさまの車いすを比べるなんて……」

それにクエビコは楽しそうな笑い声をあげた。

「あはは、梓くん。気にせんて。おわにとっちゃ車いすが大切なように、朱陽さんにとってはアイスクリームが大切なんやちゃ」

「そーよー、あいしゅ、おいしーのよ」

朱陽は梓の腕の中で足をばたばたとはねさせる。

部屋のドアがノックされる。部屋は柔らかな色調の壁に小さな窓がいくつか、それにドアだけの質素なもので、小さな事務所といった風情（ふぜい）だ。そのドアが開くと転げるような勢いで水の精の翡翠と火の精の紅玉（こうぎょく）が入ってきた。

「羽鳥梓――っ！　貴様はまた勝手に子供たちを連れ出しおって――！」

飛び込みざま翡翠が怒鳴る。

「これ、翡翠。アマテラスさまの御前（おんまえ）やちゃ」

クエビコがやんわりと声をかけると、翡翠は一瞬棒立ちになった。そのあと、シュウッと音がするほどの勢いで細くなってしまう。

「アマテラスさま、あけましておめでとうございます」

後ろから続いた紅玉がていねいに頭をさげる。翡翠は空気をいれたように元に戻ると、

「ああああけましておめでとうござざざざ……」

壊れたスピーカーのようだ。

「よいよい、わたくしが無理を言って伴羽たちにつれてこさせたのだ。守（も）り役の火精と水精に話を通しておかずに悪かった」

アマテラスがふわりと領巾を振った。

「今年も子供たちと羽鳥梓をよろしく頼むぞ」

アマテラスの言葉に紅玉と翡翠は「はっ」と片膝をつく。

「ご期待を裏切らないように励みます」

「この翡翠、身が枯れ果てるまで子供たちに尽くすことを誓います！」

翡翠は眼鏡を涙で曇らせながら声を張り上げる。

「そういえば、翡翠は確か子供たちのカレンダーを作っとったねか。あれ、どうしたんや」

地上のことはなんでも知っている知識の神クエビコが言う。翡翠ははっと顔を上げ、たちまち満開の笑顔になった。

「はい、ございます！　すぐに持ってまいります」

翡翠はたちまち姿を消した。それを見やってクエビコが梓に苦笑を向ける。

「まあ、今年もなんやかや大変やろうけど、がんばってな」

「あ、はい。でも最近は翡翠さんに怒られることも少なくなってきてるんです」

控えめに言ったが、それでも三日に一回は「羽鳥梓ーっ！」と怒鳴り込まれる。

「それだけ翡翠さんが子供たちのことを気にかけてくれていることなんで、怒鳴られるのも嬉しいです」

「梓ちゃん、けなげやな、ありがとう」

紅玉が腕で涙をぬぐう真似をした。

「お待たせいたしました！」

姿より先に声が届いた。次に現れた翡翠は背中に風呂敷包みを背負っている。

「こちらが翡翠特製の子供たちカレンダー、日めくりです！」

ドサドサと床に置かれたのは日めくりにしては少し大きめの、ほとんど電話帳と言っていいものだった。

「三六五日、子供たちのかわいらしさが詰まった日めくりカレンダー。もちろんめくったあとも保存できるクリアファイルつきでございます。タカマガハラの神々の分をお作りしましたので、のちほどみなさまにもお分けしようと思っています」

「おお！」

アマテラスは一部手に取り、さっそくめくってみた。

「すばらしい、なんとかわいらしい！」

クエビコや伴羽、呉羽も手にとってみる。

「ああ、えらいかわええなあ」

クエビコにほほえまれ、子供たちもわっと日めくりに飛びついた。もちろん、去年のうちに見てはいるので、自分の気に入っている写真をめくっては、クエビコやアマテラスに見せつける。

「あんねえ、あーちゃんねー、このしゃしんがいいのー」

「うんうん、かわいいぞ」とアマテラスがとろけた笑顔で相槌を打つ。

「そーや、こえ、かっこいくない？」

「おお、蒼矢くん、かっこええなあ」

クエビコは蒼矢を車いすの膝の上に乗せて言った。

「しらぁな……これ、ねこちゃんといっちょ……」

「うむ、白花かわいいぞ。わしは猫は苦手だが、白花はかわいい」

伴羽はバサバサと翼を振り、羽根をまき散らした。

「……おてんき、おねえさん」

玄輝が見せたのはテレビ画面と一緒に写ってピースサインをしている写真だ。

「玄輝さん、いい笑顔ですね」

呉羽がそつなく褒めて、さらに玄輝の笑みを引き出した。

「これはほんとにめくるのがもったいないちゃ。翡翠、クリアファイルつきとは、ええアイデアや」

「そうでしょう!?　私もこれを思いついた自分は天才かと！」

わいわいと日めくりをめくって楽しんでいると、ドアが遠慮がちにノックされた。

「あのう……アマテラスさま、そろそろ……」

ドアの向こうで声がする。それを聞いてアマテラスははっと顔をあげ、「いかんいかん」と自分で自分の頬を叩いた。

「そうだ、来てもらっておいてなんだが、実はわたくしは忙しかったのだ。なんせ、正月は一番人が神社に来て祈りを捧げる期間じゃからな」

「あ、そ、そうですね」

確かに神社なんて通常は初詣くらいしか用はないな、と梓は思った。自分自身も就職のために神頼みしようと思わなければ神社に行くこともなかっただろう。

「ご挨拶もできましたし、僕たちはそろそろ失礼します」

「えーちゅまんなーい！」

蒼矢がクエビコの車いすの上に体を伸ばしてわめいた。

「もっとタヽマヽガヽラヽハヽラであそぶー」

「蒼矢、わがまま言っちゃだめだ」

「だってー」

「そうだ、子供たち。そなたたちも大きくなれば国を守る四神として人々の願いを受けることもあるだろう。一度祈りの場を見てみるか？」

アマテラスは子供たちに向かって言った。子供たちは互いの顔を見やったが、こういうときにためらいのない朱陽が「あいあーい！」と手をあげた。

「あーちゃん、みてみたーい」

「お、おれだってみるー！」

朱陽に負けたくない蒼矢が次に叫ぶと、白花と玄輝も小さく手をあげた。

「そうかそうか。では羽鳥梓、しばし子供らを預かるぞ」

「え……」

当然自分もついていくつもりだった梓は、あっさりと拒絶されたことに軽くショックを受けた。

「残念だが人が人の祈りの場に入ることはできん。そこは神の領域だぞ」

伴羽が翼で梓の胸を叩く。

「えー、あじゅさ、いっちょじゃないの?」

蒼矢が唇をとがらせる。

「蒼矢、羽鳥梓は人だから行けないのだ。神の領域では先程のように倒れてしまう」

翡翠が蒼矢の頭を撫でて言う。

「あじゅさ……いっちょがいい……」

白花がおずおずと、しかしきっぱりとアマテラスに言った。

「しーちゃん、梓ちゃんがバッタリ倒れてもええの?」

「……それは……いや」

「白花。梓はここでみんなを待っているから行っておいで」

梓の言葉に白花は不安げな顔をしてみせた。

「でも……」

「ちゃんと見てきてあとで梓にお話しして。みんなのお話し、楽しみにしているから」

その梓のそばにクエビコが車いすを動かして近づいた。

「白花さん。梓くんとはこのクエビコが大事な話をせんならん、その間、アマテラスさまと一緒にいてやって。見張ってないとすぐにお仕事をさぼられるからね」

子供たちは顔を見合わせる。どうしよう、でも、とぼそぼそ言い合っていたが、好奇心が勝ったようだ。

「じゃあ、すーぐかえってくんかんね！」

朱陽がそう言って手を振る。

「うん、いってらっしゃい！」

子供たちはにぎやかに元気にアマテラスと一緒に出て行った。翡翠と紅玉も梓に小さく手を振りついて行く。

部屋に残された梓は「はあ……」とため息をついて椅子に腰掛けた。

「大丈夫ですよ、すぐ戻ってきますから」

呉羽がテーブルの上に飛び乗り、梓を慰めるように翼を振った。羽先がさやさやと優しく髪を撫でてくれる。子供のように慰められることに梓は照れくさくなって顔をあげた。

「伴羽さんと呉羽さんは行かなくてよかったんですか？」

「わしらは毎年見ているからいいのだ」

「そうですか……」

梓は改めてクエビコを振り向いた。

「失礼しました。あの、大事なお話っていうのは……」

「うん、実はアマテラスさまと話しとったんやけど……、」

クエビコは人のいい笑顔を浮かべた。

「梓くんにボーナスを出そうということになったんやちゃ」

「え、ボーナスですか!?」

梓は思わず椅子から腰を浮かせた。子供たちを行かせる口実ではないかと考えていたのでびっくりだ。

「それで物品と現金とどっちがいいか相談したくてね」

クエビコは梓の目の前に豪華なパンフレットを置く。結婚式の引き出物カタログに似ていた。

「現金もいいやろうけど、こういう普段買わないようなものもええんやないかと思ってね。まあ、ちょっと見てみられま」

「は、はあ……」

子供たちが帰ってくるまでに選べるかなと不安に思うほどの分厚いカタログを、梓はめくり始めた。

三

　子供たちはアマテラスの後をついて長い廊下を歩いていた。いい香りのする白木でつくられた廊下で、アマテラスの前にいるのは伴羽たちよりは小さめの鶏だ。めんどりらしく鶏冠(とさか)がない。尾も短くてちょんちょんと弾むように歩(ほ)を運んでいる。

　子供たちの後ろには紅玉と翡翠が畏(かしこ)まってついてきていた。

　進んだ先に不意に大きな影が落ちた。角からのっそりと顔を出したのはアマテラスの弟神スサノオだった。彼もまた、白い神衣に金色の鎧という正装だ。

「よう、ガキども」

　スサノオが笑みを浮かべて呼びかけると、子供たちはわっと声をあげた。

「あんこくちんスシャノーキング！」

「スシャノーキングだ!!」

　アマテラスを九竜長官とは言わなくなったが、スサノオのことはまだ特撮番組「四獣戦隊オオガミオー」の敵、暗黒神スサノオキングだと呼称している。

子供たちはアマテラスを追い越し、スサノオに向かって駆けだした。スサノオはそんな子供たちを抱き抱え、あるいは肩の上に載せ、また放り投げたりしてくれる。

「元気だったか、ガキども」

「げんきー！」

「おべんきー！」

朱陽と蒼矢はスサノオのぼさぼさの髪を引っ張った。白花と玄輝はスサノオの太い腕かららぶらさがっている。

「これはスサノオさま。明けましておめでとうございます」

紅玉と翡翠はスサノオの前に膝をついた。

「おお、火精と水精か。おめでとう、今年もガキどもを頼むな」

「はい――スサノオさま、これを」

翡翠はスーツの内側から分厚い日めくりカレンダーを取り出した。

「今年の『子供たち日めくり』でございます。ご笑納(しょうのう)ください」

「へえ」

スサノオは日めくりをパラパラとめくった。

「よくできてるじゃねえか。もらっておいてやるぜ」

「は、ありがとうございます」

スサノオは日めくりを衣の内側につっこむと、アマテラスの方を向いて頭をさげた。

「姉上。明けましておめでとうございます」

「うむ、めでたいな。どうしたのだ？　こんなところで」

「実は」

スサノオは指を立てると胸の前で半円を描いて見せる。アマテラスはそれでわかったのかうなずいた。

「なるほど。ようやくあいつも子供たちに会う気になったか」

「ああ、まったく人見知りも極まれりってやつでな。連れてっていいか？」

「いいぞ。わたくしは一足先に祈りの場に向かっておるので、済んだら連れてきてくれ」

「おう」

スサノオは子供たちを体に乗せたまま、今来た廊下に戻った。後ろからあわてて翡翠と紅玉がついてくる。

「どこいくの？」

朱陽が遠ざかるアマテラスの背中を振り向いて尋ねた。

「ああ、ツクヨミのところだ。俺様の兄上だ」

「あにうえー？」

「おにーちゃん、いるのー？」

「ああ。俺たちは三人姉弟なんだよ。だけどツクヨミにはおまえたちも今まで会ったことはなかっただろう?」

「ないー」

「ないねー」

子供たちは顔を見合わせうなずいた。

「どんなかみさま?」

「そうだなあ、俺さまや姉上とは全く違うタイプだな。まあ、ある意味わかりやすいというか」

「あるいみ」

「あるいみってなーにー?」

「ある意味はある意味だ。まあ見ればわかるってことだ」

「ふうん」

長い廊下だったが大股で歩くスサノオのおかげでさほどの時間はかからなかった。翡翠と紅玉はやや小走りになってついてくる。

「さあ、ここだ」

スサノオが立った部屋の入り口には、黒と白の陰陽紋(おんみょうもん)が描かれている。スサノオが扉に手を当てると、それは音もなく向こう側へ開いた。

「火精と水精はここで待っていてくれるか？」

　スサノオが振り向いて言った。その言葉に紅玉と翡翠はうろたえた。子供たちだけをタカマガハラ第二位の神に会わせるのはさすがに不安がある。

「だ、大丈夫でしょうか」

「兄上は人見知りの人嫌いでな、大勢でおしかけると絶対に出てこないんだ。ガキどもだけならまだ対応できる」

　スサノオが肩をすくめた。

「そういえば……前にご挨拶にきたときもいらっしゃらなかったですね」

「ああ、俺たちも年に一、二度会うくらいだからな。なに、ガキどもにはなんの危険もない。俺様が保証する」

　紅玉と翡翠は顔を見合わせたが、やがてうなずいた。

「スサノオさまがそうおっしゃってくださるなら」

「悪いな」

　スサノオは片手をあげて軽くあごをひくと、今度は部屋の中に顔を向けた。

「兄上、俺さまだ。入るぞ」

　開いた部屋の中に向かってスサノオが声をかける。部屋の中は薄暗く、しん、と静まりかえっていた。

「さあ、ガキども。中へ入れ」

スサノオは子供たちを下ろし、先に自分が入った。

子供たちは暗い部屋の様子にためらいを見せた。朱陽も大きな声を出してはいけないと思っているのか、口を両手で押さえている。白花は翡翠の手をぎゅっと握ってなかなか足を踏み入れなかった。

「大丈夫だ、白花。スサノオさまもご一緒だ」

翡翠が身をかがめて白花の背を押した。

「……ん」

全員が入ると背後で扉が音もなく閉まった。

同時に暗い部屋の中にぽつぽつと蝋燭が灯る。いや、それは蝋燭に似せたライトだった。

部屋の中は思った以上に広く、見上げても見えないほどの高い天井からたくさんの薄布が下がっており、ひんやりとしていた。だが、足下はふかふかした敷物が敷かれていて寒さは感じない。

深い森の中のような香りが全体に漂い、気持ちが落ち着く。

「兄上、ツクヨミ！　どこにいる、隠れてないで出てこい」

スサノオが呼ばわったが、コトリとも音がしない。

「いないのー？」

朱陽が部屋の中をきょろきょろと見回しながら言った。

「いや、いるはずだ。まったくしょうがないな、兄上は」

スサノオはつぶやき、次にはいたずらを思いついた子供のような顔になった。

「そうだ、ガキども。兄上を見つけてくれ。兄上はかくれんぼをしているのだ。誰が一番早く兄上を見つけられるかな？」

「わあ！」

子供たちはその言葉にたちまち四方に散った。かくれんぼは子供たちも大好きな遊びだ。

「あにうえちゃん、どこー？」

朱陽は薄布を次々とはねあげ駆けてゆく。

「でてこーい！」

蒼矢は布にぶらさがり、くるくると回った。

「どこ……ですかー」

白花はふかふかの敷物の上に置いてある小さな椅子や大きな椅子――そう、なぜか部屋の中にはいろいろな椅子が置いてある――の下をのぞいた。

「……」

玄輝はゆっくりと部屋の中を歩き始めた。

「ねー、いないねー」

入り口の大きさからは想像もできないほど広い部屋の中を歩き回り、飽きてしまったのか朱陽が床の上に座り込む。

「もー、いこーよ」

蒼矢も朱陽の隣に足を投げ出した。

「あにうえちゃん……かくれんぼじょうず……」

白花も二人の元へやってきた。まだ部屋を探索しているのは玄輝だけだ。

「そうか、おまえらでも見つけられないか。じゃあ仕方がないな……」

「いた」

玄輝の声がかすかに聞こえた。朱陽と蒼矢が立ち上がり、白花が声の方に顔を向ける。

玄輝は部屋の奥の方にある柱時計の前にいた。文字盤が上につき、下のガラスケースの中で長い振り子が動いている。玄輝はケースを覗いていたのだ。

「おいおい」

スサノオがあきれた声を上げた。

「かよわい子山羊(こやぎ)じゃねえんだからさ」

朱陽と蒼矢、白花もその時計の前に走り寄った。玄輝と同じようにしゃがんで覗いてみると、時計の振り子の向こうで顔をかくすように誰かがうずくまっている。

「兄上。いいかげんにしてくれ。せっかくガキどもが挨拶にきたっていうのに、その態度はないんじゃないのか」

　スサノオがケースを開けると、中にいた人はのろのろと立ち上がり、ようやく外へ出てきた。

　薄く輝いている青銀のふわふわとした長い髪、白く長い神衣、ほっそりした体つきで、顔立ちも優しげだった。だが、青いガラスのような目は決してこちらを見ようとしない。

「ガキども、これが俺さまの兄上ツクヨミだ。姉上のアマテラスは太陽、ツクヨミは月の神だ」

「おつきさま！」

　朱陽はパチンと手を叩いた。

「あーちゃん、おつきさましゅきよ！　しゅしゅきかざっておだんごたべんのよ」

「ロケットでいけんだよね！　クロスドクロのきちがあるよ」

　蒼矢が言ったのはガイアドライブの設定のことだ。

「おつきさま……しらぁな、こないだつきみそばたべた……あじゅさがつくってくれたの」

　白花は年末の年越しそばのことを言っているらしい。

「……なんで、かくれた、の？」

　玄輝が要点をつくと、ツクヨミは初めて表情を変えた。うろうろと視線をさまよわせ、スサノオと目が合うとあわてて下を向く。

「あにうえちゃん、こにちわ！　あけましておめでとーごじゃいましゅ！」

子供たちは揃って声を上げた。しかし、ツクヨミは顔を背けて返事をしない。

子供たちにとってはツクヨミのこの反応は初めて出会うものだ。今まではどんなときでも「かわいいね」「おりこうだね」と言ってもらえたのに。

黙ってそっぽを向いているツクヨミにどうしていいのかわからず、みんなそろってスサノオを見上げる。

「あー……」

スサノオは手で頭をくしゃくしゃとかきまわし、ぼさぼさの頭がさらに乱れた。

「こんなガキどもに気をつかわせるなよ、兄上……」

そのとき、ツクヨミの足下で白い小さなものが動いた。めざとく見つけたのは白花だ。

「うしゃぎしゃん！」

白花が部屋に響くほどの大きな声を出す。その声に呼ばれたかのように、ツクヨミの長衣の下からウサギが一羽二羽と顔を出した。

「わあ、うしゃぎしゃん！」

すぐに朱陽がしゃがんで手を伸ばした。その手の中にウサギが飛び込む。朱陽はぎゅっと抱きしめてほおずりした。

「かわいい！」

蒼矢も白花も玄輝も、白く小さな毛玉を追いかけ始めた。

「わあ！　あにうえちゃん、うしゃぎしゃんいっぱい！」

朱陽が一羽抱いていると、それが二羽に増える。そこに一羽いたかと思うとぴょんと跳んだだけで三羽に増えた。

「兄上」

スサノオはにやにやしながらツクヨミに目をやる。

「……」

ツクヨミは唇を動かしたが声が小さすぎてよく聞こえなかった。

「あのな、ガキども。このウサギは兄上の神使たちだ」

「しんし？」

朱陽が二羽三羽と増えたウサギを抱き抱えて聞き返す。

「そうだ、姉上の神使が鶏であるように、兄上の神使はウサギなんだ。それでこのウサギは……」

スサノオは腰をかがめると、ひょいと床の上のウサギの首の後ろを掴みあげる。

「兄上の機嫌がいいと増えていく」

「きげん？」

「ごきげん？」

「ああ、わかりやすいと言った意味がわかったか？」

子供たちはウサギを抱いてツクヨミの周りに集まった。ツクヨミは腕をあげて長いたもとで顔を隠した。

「あのー、あのーねー、あにうえちゃん、ごきげんちゃん？」

「なー、うしゃぎ、かーいーね！」

「あしょんで……いい？」

「……いい？」

子供たちに取り囲まれたツクヨミは両手で顔を隠したまま、しかしこくりとうなずいた。

わっと子供たちは声を上げ、そのとたん、ウサギがまた増えた。

「ああ、ひやひやしたぜ」

ウサギと一緒に走り回っている子供たちを見て、スサノオが笑う。

「気に入らないのかと思った」

「……ない」

小さな声が袖の下から聞こえた。

「あ？」

「そんなことはない……」

ツクヨミが囁く。少しだけ腕を下げて青い瞳が覗いた。

「何百年ぶりかの神の子ら……めでたく嬉しいことだ」

「だったら、そう態度に表せばいいだろう」

「そんな……簡単にはいかない」

「なんで」

「……恥ずかしい……」

スサノオは天井を仰いだ。

白いふかふかした敷物の上で、子供たちとウサギが跳ね回っている。それを見てツクヨミの白い頬も少しだけゆるんだ。

「かわいい……な」

「そうだ、ガキどものお守りの水精が、連中の写真を使った日めくりを作ったそうだ。ほし……」

「ほしい」

最後まで聞かずツクヨミが素早く答える。スサノオは苦笑して自分がもらった分を兄に渡した。

「ほら、これを見て少し慣れろ。来年くらいにはまともな挨拶ができるようにな」

「すまない」

ツクヨミは日めくりを両手で受け取ると大事そうに胸に抱えた。

「ようし、ガキども。そろそろ移動するぞ」

スサノオがそう呼ぶと、いまや部屋いっぱいに増えたウサギの中で、子供たちが立ち上がった。

「もっとうしゃぎしゃんとあそぶー」

「姉上のところにも行ってやってくれ。お待ちかねだ」

「しょーがないねー」

「おれたちにんきものー」

大人のような言い草に、スサノオも笑ってしまう。

「またうしゃぎしゃんのとこにきて、いーい？」

ウサギを抱えながら言う子供たちに、ツクヨミはこんどはちゃんと目をあわせてうなずいた。

「あいがとー！」

子供たちは手を振ってツクヨミの部屋から出て行った。扉が閉まるとウサギが一羽二羽と消えてゆき、最後に、一番小さなウサギだけが残った。

ツクヨミはそのウサギを抱えて敷物の上にある大きな揺り椅子に腰掛ける。

「楽しかったな……」

ウサギは耳をぴょこぴょこと動かしながらうなずいた。

部屋の前で待っていた紅玉と翡翠は楽しげに出てきた子供たちにほっとした顔をした。神々の中でもツクヨミに会うことはまれなので、どんな人物なのか、二人もよく知らなかったからだ。

「うしゃぎしゃん、いっぱいいたよ」

「どんどんたくさんになったよ」

子供たちの報告に、やはり月の神だからウサギか、と単純に納得する。

スサノオのあとに続いて廊下を進むと、突き当たりに金色の扉があった。

「じゃあな、ガキども」

「スシャノーキングははいんないの？」

「ああ、ここは姉上の仕事場だからな。俺さまは俺さまの仕事場にいくぜ」

スサノオはそう言うと手を振って去って行った。

「お入り、子供たち」

アマテラスの声が響き、扉が内側に向かって開いてゆく。四人と紅玉、翡翠はそろそろと足を進めた。

部屋は廊下と同じ白木で作られ、窓もない、小さなものだった。床も板張りで、つやつやと輝き、子供たちの顔が逆さに映る。

正方形の部屋の真ん中に、橋の欄干のような枠組みがやはり正方形に組まれている。その上にはふたをするように青銅でできた大きな板が渡されていた。

「よく来た。ここが祈りの場だ。これは祈りの井戸。人の子たちが我々神に向ける祈りや願いがここを通して吹き上がってくる」

アマテラスはそう言うと、自ら井戸のふたをずらした。とたんにきらきらと輝くものがあふれてくる。

それは高く吹きあがり、天井を目指した。天井には丸い穴があき、輝きはそこから外へ出てしまう。

「わあ、きれーねー」

朱陽が両手をくんでそれをうっとりと見上げる。

「これ、おいのりー?」

輝いているものを見極めようとするかのように、蒼矢が一歩近づいた。

「触れてはならんぞ。神が人の祈りに触れれば大なり小なり祈ったものに影響を与えるからな」

「はーい」

「……あまてらしゅ、さま」

見つめていた白花がそばに立つアマテラスに顔を向けた。

「おいのり……こえ、きこえる」

白花は両手を耳に当てた。

「ちいさいこえ……おねがいしてる……」

「そうだな」

アマテラスも目を閉じて耳をすました。

「たくさんの人々が祈っている……自分のために、家族のために、友人や恋人、愛する人のために……いい祈りも悪い祈りもある」

「わるい……いのり……？」

「うむ。恨みや妬みで祈る場合もある。そんな祈りはいつか自分に返ってくるのだがな……悪意で濁った心ではわからぬ」

アマテラスは輝きながら舞い上がる祈りを見つめた。

「我々は直接願いを叶えるということはできん。ただ願い祈る人々をよりよい方へ導くだけだ。それは彼らがよい行いを続けていれば気づくだろう。反対に悪しき行いをすれば道は遠ざかる」

「……ちょくせつ」と、玄輝が重い口を開く。「ねがいはかなえない？」

アマテラスは玄輝を見下ろした。玄輝の方はアマテラスを見ずに光の奔流を見つめている。

「叶える神もいるな。だがそれは祈りの大小や切実さなどではない。あくまで気まぐれだ。なにげなくこの祈りたちの中に指を差し入れ、触れたものの願いを叶えたりする」

アマテラスは手を差し出したが光の少し前で止めた。

「人の願いを叶えるのは我々にもかなりの力が必要だ。体力神力気力をもっていかれる。そう簡単にはできぬのだ」

「なら、あじゅさのおねがいだけ……かなえて……」

白花がいいことを思いついたというように笑顔を向ける。だがそれにアマテラスは首を横に振った。

「そうやって選ぶことはできぬのだ。みんな大事な人の子だからな。選ぶことはできぬ。だから気まぐれ、運に任せるのさ」

「……そっか」

玄輝はむずかしい顔をしていたが、やがてガクリと大きくうなずいた。

「……きれーねー……」

朱陽は井戸の桟に掴まってずっと下から上へと消えていく祈りの姿を見ている。祈りは輝いているがそれは影のできない不思議な光だった。

飴(あめ)のように滑らかな部分もあれば、砂金(さきん)の粒のように見える部分もあり、一瞬も同じ姿をしていない。

栈を掴んでいた朱陽の手が離れる。吸い寄せられるようにその手が光に伸ばされた。

「あけび、だめっ！」

気づいた蒼矢が飛びつくようにして朱陽の伸びた腕をつかんだ。そのとき、勢いがつきすぎて、蒼矢のもう片方の手が光の中に入ってしまった。

「あっ！」

その場にいた全員が声をあげた瞬間、蒼矢は光の中に吸い込まれてしまった。

（うわわわわ！）

金色に輝く祈りの中で、蒼矢は両手と両足をめちゃくちゃに振り回した。そこは、まるで水の流れの中のようだった。身動きがうまくできないところも息がつまるところも。

（みずのなか、だったら……）

蒼矢は青龍に姿を変えた。だが、この姿のほうがまとわりつく感覚が強く、より動けなくなる。

全身のうろこ一枚一枚の間に細かな粒が入り込むような感覚があり、落ち着かなかった。

（なんなのーっ！）

仕方なく蒼矢は変身を解いた。体の力を抜いた方が圧迫感が少ないことに気づき、両手足をだらりと下げてみる。

――かみ……ま……

耳元で誰かが囁いた。

――かみさま……

気がつくと周り中で呼ばれている。蒼矢は身をよじって声を探した。

(だれ……?)

――かみさまかみさまかみさまかみさま……

たくさんの声が蒼矢の中に入ってくる。それは願いであり祈りだった。思いであり、希望であり、憧れであり未来であり夢だった。

――……ように……おねがい……したい……できれば……かなえて……おねがい　おねがい　おねがい　おねがい……

(そんなん、おれにゆわれてもわかんないよっ)

蒼矢には理解しがたいものもある。思いの中には強いものもあれば軽いものもあった。曖昧なものもあり、明確なものもある。漠然とした遠いもの、切実な、切迫したもの。

――おかあさんの病気が治りますように

――合格できますように

――彼と結婚したいです

――友達ができるように

――世界が平和でありますように

柔らかく肌を撫でてゆく暖かな願いもあれば、

(いたいっ！)

――あいつが失脚しますように
――あいつが不幸になればいい
――あいつが死んでしまえば……

蒼矢を傷つけるものもあった。

(やだやだ！　やめて！)

暗く醜い願いは輝いていない。それは泥のように蒼矢の体にへばりついた。

(なにこれ、なにこれ、やだ、きもちわるい！)

悪意、を蒼矢はまだ知らない。今まで自分に向けられたこともない、他人に向けたものも知らない。祈りの中の悪意に触れるたびに、蒼矢の体が黒くなっていった。

(いやだいやだ！　たすけて、あじゅさ！)

黒いものがへばりつくと、そこが冷たくなってゆく。皮膚が硬くなり重くなって少しずつ力が抜けていった。

――おねがい　おねがい　おねがい　かみさま　ねがいをかなえて　かなえて　かなえて……

(そんなのしんない、どうしてねがうだけなの？　おれだってたすけてってゆってんのに)

蒼矢はこびりついた黒いものをはがそうと爪でガリガリと肌をかいた。

(じゃあおれのねがいはだれがかなえてくれるの？　おれだっておねがいしたいよ)

――おねがいおねがいおねがいおねがいおねがいおねがい……

無数の願いにからめ取られ、蒼矢はもう浮かんでいる気力もなくなった。

(もう、だ、め、か、も……)

四

それより少し前。

アマテラスの部屋でカタログを見ていた梓は、あるページで目を止めた。

そこには「トラベルチケット」という名前と懐かしい故郷の写真が掲載されている。

「あ……」

東京から福井までの新幹線往復旅行代金が提示されていた。

ちらっと目の前で座っているクエビコを見ると、おおらかな笑顔を浮かべている。

「このカタログはそもそも梓くんのためのもんやからね。君が心の中でひっかかっているものが現れるようになっとるがやちゃ」

「そうだったんですね……」

　道理でめくってもめくってもほしい商品ばかりのはずだ。

「実家にはどのくらい戻ってないの？」

「最後に帰ったのが去年の正月でしたから丸一年でしょうか」

「それは寂しいっちゃねえ……。今年はどうするがね」

「そうですね……」

　もし帰省するとなれば子供たちを連れて行くことになるだろう。

　結婚もしていないのに四人もの子供を連れていったら母親は腰を抜かしてしまうにちがいない。その説明の面倒くささを思うと、帰省したくなくなる。

「顔出してあげられ。いくつになっても子供は子供やちゃ。離れとったら心配になる」

「はあ……」

　確かにこの一年まったく顔を見せていないのは親不孝だ。そもそも母親を安心させたくてお参りに行った神社で子供たちを授かったのだ。今の自分の幸せは母親のおかげといっていい。

　母親にいったいどういう説明をするか……。納得のいく、筋道の通った、信ぴょう性のある……。

ぐるぐると考えたあげく、梓は決めた。

「俺、母にありのままを話そうと思います」

梓は顔を上げてクエビコに言った。

「子供たちが四神の子供だということ、俺がみんなを預かって育てていること。どう言ったって不思議な話なんですから。結局真実を話すのが一番楽なんです」

「その通りだ、羽鳥梓」

今までずっと黙っていたので眠っているのかと思っていた。伴羽がぱっとテーブルの上に飛び乗る。

「嘘をつけばその嘘を守るためにさらに嘘をつくことになる。真実が一番簡単だ。おまえを育てた母親ならきっとどんな真実でも受け止めてくれるだろう」

「そうですね、案外度胸(どきょう)のある人ですから」

梓はカタログに視線を落とした。

「じゃあこれでお願いします」

「わかったたっちゃ」

クエビコは自分の頭に手をやった。髪を引き抜くとそれは一本の藁(わら)になっている。

「じゃあボーナスはこれ、ということで」

藁をカタログに挟んでしおり代わりにすると梓ににっこりほほえんだ。

「さて、まだ子供たちもアマテラスさまも戻ってこんようだけど、どうする？　梓くん、タカマガハラの観光でもしとるか？」

「ああ、いえ……。子供たちがいつ戻ってくるかわからないですし……」

梓はちょっと考えた。

「そうだ、俺、お参りしたいです」

「おまいり？」

クエビコが目をパッチリと見開いた。

「はい。初詣はさくら神社へ行ったんですが、せっかくタカマガハラに来てるんですから、ここでもお参りしたいです。初詣って何回してもいいんですよね」

「まあ初回以外は初とはつかんけど、もちろん何度お参りしてもいいっちゃ。梓くんにとってはさくら神社が氏神（うじがみ）だから、最初に行くのは正しい。そのあと好きなとこへ何度行っても大丈夫や」

クエビコがそう言ってくれたので、梓はほっとした。去年までは神社とは縁遠い生活をしていたから、初詣のことも実はよくわかっていないのだ。

「ありがとうございます。ここなら神様も近いし、お願いも叶えてもらいやすいかな、なんて思って」

「なんだ、貴様。神は願いを叶えるだけの存在ではないぞ！」

伴羽は翼を振って梓の膝につっこみをいれる。

「あはは、わかってますよ。でもせっかくですから」

「なにがせっかくなんじゃ！」

「まあまあ、兄者。私たちにとっては人の祈りはありがたいものです。梓さんが祈りたいというのなら祈ってもらおうじゃありませんか……クエビコさま、お願いします」

呉羽がそう言うとクエビコは「では、」と、なにもない壁に手を差しのべた。すると、たちまちそこに立派な神社の本殿が現れる。

「わあ……便利ですね」

梓が感嘆の声を上げると、クエビコは自慢げにうなずいた。

「この部屋はアマテラスさまが休憩したり執務をとったりする部屋で、どんなふうにでも変わるんやちゃ。これなら気分があがるやろう？」

「これはひどい、クエビコ殿！　わしの神社より立派ではないか！」

伴羽の鶏冠が赤くなる。確かに部屋の中とはいえ、さくら神社より大きく美しい建物だった。

「兄者、これは仕方がありません。そもそもここはアマテラスさまのいらっしゃる場所なのですから」

「それにしたって……」

伴羽がのどの奥をクルクルと唸らせる。

「梓さん、兄者のことはお気になさらず、しっかりお参りしてください」

呉羽が兄の背中を翼で撫でながら言う。ちょっと申し訳ない気分になったが、せっかくクエビコが用意してくれたし、と、梓は下がっている鈴緒(すずお)を振った。

シャランと澄んだ音が部屋に響いた。

「……」

梓は一礼して柏手を打ち、また頭を下げた。祈ることは決まっている。さきほどもさくら神社で願ったのと同じことだ。

「どうかお願いします――」

五

上も下もわからない。力の抜けた四肢(しし)は動かない。蒼矢はぐったりと目を閉じて――。

(そーちゃん！)

不意に頭の中に朱陽の声が響いた。

（そーちゃん！）

（そうや！）

白花と玄輝の声もする。

（どこ……？　みんな……）

まぶたを開けるだけでも辛い。だが、蒼矢は力を振り絞って目を開けた。

その視界の中に赤いものが見えた。

（あれは……あけびの……）

金色の祈りの中で花のように、炎のように広がるのは朱陽の髪だ。必死な顔をして、まっすぐにこちらに手を差し出している。

その朱陽の足を持っているのは白花だ。そして白花の手を握るのは玄輝だった。

（そーちゃん、つかまって！）

すぐそばに朱陽の手がある。だが蒼矢の腕は黒いものにまとわりつかれて持ち上げることもかなわなかった。

（だめ……てが……）

そのとき。

不意に蒼矢のからだを包み込む暖かなものがあった。その暖かさが広がると、蒼矢の腕にへばりついていた黒いものがはがれてゆく。

（あ、これ……）

それは祈りだ。

（しってる、これ……）

梓の声だった。

――子供たちが、みんな健やかに安心してしあわせに過ごせますように……。

――朱陽が泣きませんように……白花がまた本木貴史さんに会えますように……玄輝がもうちょっと起きててくれますように……蒼矢が……。

梓が願っている、自分たちのために。

――蒼矢がいつも友達と楽しく遊べますように……。

その願いが蒼矢の体を押し上げた。

（つかまえた！　そーちゃん！）

熱い朱陽の手が蒼矢の腕を掴む。ぐいっと体が持ち上げられた。同時に目の前にアマテラスの姿があった。

「青龍！」

ぎゅうっと胸に抱きしめられる。

「すまなかった、大丈夫か!?　わたくしがうっかりしておった！」

「うがが」

「人の祈りの中に放り込まれて……苦しかっただろう」

「あぶぶぶ」

「ア、アマテラスさま。それでは蒼矢の息ができません」

紅玉と翡翠があわててアマテラスの胸から蒼矢をひきはがす。蒼矢はぐったりと翡翠の胸にもたれかかった。

「蒼矢」

青ざめた蒼矢の顔に翡翠が目だけでなく顔中から涙を流した。

「なんとひどい！　神力がほとんどない」

「人の祈りに触れて吸い取られたんやろう」

「そーちゃん……」

子供たちも蒼矢の周りに集まった。

「そーちゃんだいじょーぶ？」

アマテラスはしゃがむと子供たちひとりひとりの頭に手をおいた。

「大丈夫だ。今、当代の四獣神を呼んだ。衰えた神力をわけてもらう。そなたたちも祈りの中に飛び込んだのだ、疲れておろう、休むがいい」

「あーちゃん、へーき！　あーちゃんもそーちゃんにちからあげる！」

朱陽がアマテラスに泣き出しそうな目を向ける。

「そーちゃん、あーちゃんのかわりにおちちゃったの、あーちゃんがたしゅけるの！」

「朱陽、そなたが」

アマテラスは手を伸ばし、朱陽のふっくらした頬を両手で撫でた。

「すぐに祈りの井戸に飛び込んで蒼矢をひっぱってくれたおかげで蒼矢は助かったのだ。普通なら力を使い果たし、原型も留めぬところだ。そなたは立派に兄弟を救った」

「でも、」

「あとは我ら大人の仕事だ。まあ見ておれ」

扉が勢いよく開かれ四柱の神々が入ってきた。当代の青龍、朱雀、白虎、玄武の四獣神たちだ。

「アマテラスさま」

青龍はスラリとした背の高い女性の姿できらめく青い石を連ねた鎧を着ていた。すぐにアマテラスから蒼矢を受け取ると、自分の胸に抱きしめる。

「もう大丈夫だぞ、小さな青龍。我らの力をわけるからな」

燃えるような赤い髪の青年の姿の朱雀も、大柄な優しい目をした白虎の男性も、床まで届く長いひげの老人の玄武も、それぞれが蒼矢に手を差し出す。

「そーちゃん……」

白花がぎゅっと玄輝の手を握った。玄輝はうなずいて朱陽の手を取る。

「げんちゃん」

「……いのる」

玄輝に言われ、朱陽はコクリとあごを引いた。玄輝と白花の手を握ると、目を閉じて頭を垂れ、一心に祈る。

「そーちゃん、がんばって……」

祈りの場にいた神々の体から淡い光があふれた。その光は青龍の胸に抱かれた蒼矢の小さな体の中に吸い込まれてゆく。

そして蒼矢の体が内側から光り始めると、真っ白だった頬に血の気が戻り、唇にも赤い色が浮かんだ。

「どうだ？　意識が戻ったか？」

アマテラスが蒼矢を取り囲む四神の背に尋ねた。

「神力は戻ったようですが……」

蒼矢を抱いていた青龍が険しい表情になる。

「意識がこちらに戻ってこないわ。魂力が衰えています」

「魂が？」

青龍は唇を噛むと蒼矢を抱え直した。

「おそらく祈りの中の暗い部分に触れてしまったのです。蒼矢のまだ幼い柔らかな魂は、それに傷を負ってしまった……」

「人の悪意、か」

「ええ。これは我々には治せません。時間が癒してくれるのを待つしか……」

「そーちゃん、どうしたの？」

深刻な顔の大人たちに、子供たちが不安げな表情になる。

「蒼矢は人の力で傷を負ってしまったのだ」

「ひと？」

「人につけられた傷は人にしか治せない……人が蒼矢のために祈ってくれればいいのだが」

それを聞いて泣いていた翡翠がぱっと顔をあげた。

「人ならば羽鳥梓が来ています、すぐに……！」

「いや、待て！　あれを！」

アマテラスが祈りの井戸に顔を向けた。輝く祈りの奔流の中から、小さな光がひとつ、こちらにあふれてきた。

それは蒼矢と三人の子供たちのそばまでくると、小さく弾けて広がった。

「これ……」

白花が光を手の中に受け止めて呟く。

「にしだの……おばあちゃん……」

——今年も健康で穏やかに過ごせますように……。

初詣に行った仁志田夫妻の祈りだった。

——羽鳥さんちの子供たちが元気ですごせますように……。

もうひとつ光が飛んできた。それはくるくると子供たちの頭の上で回り、忙しく点滅（てんめつ）する。

「たかはたのおばちゃんのこえ……！」

白花が叫ぶ。二倍速どころか四倍速のスピードで祈りが流れる。

——世界が平和でありますように、病気になりませんように、センセの作品が売れますように、「ミス・ジュンコ」の四つ子ちゃんドラマ、シリーズ化しますように！　あ、本木貴史くんの「二つの顔の刑事」も続投でいいのよ、白花ちゃんが喜ぶからね、白花ちゃんと言えば羽鳥さんちの子供たちもみんな元気で楽しく過ごせるといいわね、センセの四つ子ちゃんシリーズの原動力だもの、ぜひぜひお願いしますよ！

ぱあっと散った光に蒼矢のまぶたがぴくぴくと動く。

「おお、青龍が気づきそうだ」

「仁志田さん、高畠さんが子供たちのために祈ってくれたからだ」

「あっ、みて！」

朱陽が指さした方から小さな光が勢いよく飛んでくる。それはほとんどぶつかるような勢いで蒼矢の中に入っていった。

「ゆーしょーくんだ！」

朱陽が歓喜の声をあげる。

――かいじんかーど、ほしい！　あと、ことしもそーやといっしょにあそびたい！

「子供たちが人と交わり、人に愛されてこその祈りか……そなたらはよいご近所さんを持ったな」

アマテラスが子供たちに微笑みかけた。朱陽が、白花が、玄輝がうなずく。

そしてもうひとつ、ゆっくりと光の粒が飛んできて、子供たちの上で広がった。

「あじゅさ……」

玄輝が光に向かって手を伸ばす。

――子供たちが元気に笑ってすごせますように……。

「羽鳥梓に祈るように伝えたのか？」

「いいえ。でも、これは梓ちゃんの祈りです。きっとこのタカマガハラで祈っているんでしょう」

なんどもなんども梓の祈りが光となって降り注ぐ。

「なんだあいつ。自分のことはちっとも祈らないんだな」

梓の祈りを聞き取った朱雀が笑う。梓の祈りは子供たちのことだけだった。

「うーん……」

蒼矢が青龍の腕のなかで、いやいやするように首を振った。

「……気がついた？　小さな青龍……」

当代の青龍が優しく呼びかけると、蒼矢のまぶたが開いた。

「……あれ？」

「えっと……？」

蒼矢は青龍の顔を見て、それから周りを取り囲んでいる三人を見つめた。

「久しいな、小さな青龍。俺は朱雀だ」

「私は白虎」

「わしは玄武じゃよ。明けましておめでとさんじゃ」

「……」

しばらくぼんやりとしていた蒼矢の顔がさあっと赤くなった。青龍の腕の中でばたばたと手足を動かす。

当代のことは覚えていたが、こんなふうに抱かれているなんて赤ちゃんみたいじゃないか、と恥ずかしくなったのだ。

「そーちゃん！」

その蒼矢に朱陽が飛びついた。

「よかった！　そーちゃんおっきした！」

「そーちゃん……！」

「そうや！」

白花も玄輝もぶつかるように抱きつく。子供たちの勢いに抱いていた青龍もさすがによろけた。

「おっとっと、あぶない」

青龍はそっと蒼矢を床に下ろした。自分の足でちゃんと立つことができた蒼矢は、しがみついてくる三人に目を白黒させた。

「そーちゃん、ごめんね、ごめんねえ！」

朱陽の目から丸い涙がぽろぽろと零れる。

「あけび……」

蒼矢はめったにない朱陽の涙にとまどった。

「なんでなくの、あけびがたすけてくれたんだよ……」

「だってだって」

朱陽は顔をあげず、蒼矢の胸にぐりぐりと顔を押しつける。

「そーちゃん、くるちいのわかったもん。ちからなくなっちゃって、たしゅけてってゆってた……」

「ゆ――ゆってない！」

蒼矢は大声を出した。あの中で考えたこと、不安になったこと、弱気になったことが全部ばれていたと思うと、青龍の腕の中にいたときよりも恥ずかしい。

「そーちゃん……」

「ゆってないもん！　あけびのばーか、なきむし、へんなかおーっ！」

蒼矢は叫ぶと朱陽の頬を両手でぎゅっとひっぱった。

「いったーい！」

朱陽が甲高い声をあげた。もう涙は散っている。

「なにすんのー！」

「ばかばーか！　あけびのばかっ」

「ばかっていうほうがばかでしょー！」

朱陽が蒼矢の頬をつねりかえす。

「いたいー！　なにすんだー！」

「ああ、これこれ。喧嘩をするな」

突然目の前で始まったとっくみあいにアマテラスは目をしろくろさせる。当代の青龍と朱雀は顔を見合わせた。

「懐かしいな。俺たちもよく喧嘩したもんだ」

朱雀が苦笑して片目をつぶる。それに青龍がにやにや笑いで返した。

「そうねえ、いつもあなたが泣いて終わったわね」

「あ？　聞き捨てならないな。泣いたのは青龍、おまえのほうだろう」

「私が泣くわけがないじゃない。ねえ、白虎」

「泣いたのは青龍だよな？　玄武」

「私らを巻き込まないでくれるか……？」

当代の四神たちは床の上で髪をひっぱりあっている蒼矢と朱陽を微笑ましく見て、そばで困った顔をしている白花と玄輝に同情めいた視線を向けて、笑いあう。

「なにはともあれ、蒼矢が無事でよかったなあ」

紅玉は泣き続けて小さくなった翡翠の肩を叩いた。

「おまえもいい加減泣きやめ。床が水浸しだ」

「わ、わかってはいるのだが、安心したら涙が止まらなくて……」

「そんなに縮んだら梓ちゃんになに言われるか……このことを知ったら激怒するで。梓ちゃん、あれで子供たちのことになるとめっさおっかないからな」

それを聞いて蒼矢がはっとした顔をした。掴んでいた朱陽の髪を放して紅玉に駆け寄る。

「こーちゃん！　あじゅさには、ゆわないで！」

「ええ？　なんでや蒼矢」

「きらきらのなかにおっこちてもちゃんともどってきたでしょ？　もうへーきだもん、あじゅさにはないちょにして」

蒼矢は必死な顔をして叫んだ。それに翡翠がとまどって答える。

「しかし、蒼矢。神が嘘をつくわけにはいかん」

「うそじゃないの、おっこちたけどぜんぜんだいじょーぶだったもん。ね、あけびもしらなーもげんちゃんもないちょにして！」

「ええー……」

他の子供たちは顔を見合わせた。梓に内緒ごとをするなんて、とその目が言っている。

「あじゅさに、えっと、えっと、……せんぱいしたくないの」

蒼矢は考え考えしながら言葉を探した。

「せんぱい？」

翡翠が首をかしげて聞き返す。

「うん、せんぱい、こまるの」

せんぱい……？　と大人たちは目で互いを窺っていたが、やがて紅玉がぽんと手を打った。

「もしかして、心配、か！」

「そう、それ！」

蒼矢が大声で言い、神々はどっと笑った。

「そうか、そうか！　小さな青龍は仮親を心配させたくないのか」

蒼矢は大きな朱雀の言葉にうなずいた。

「いつかちゃんとおれがいうから……いまはゆわないで」

「ふむ」

アマテラスはうなずいた。

「わかった、蒼矢。羽鳥梓を心配させたくない気持ちは了解した。無事だったことだし、神の領域で起こったことだ。人の子には言わないでおこう」

「ありがとー、くーりゅーちょーかん！」

気が抜けたのか、うっかりアマテラスの名前を間違える。

「アマテラス、じゃ。いつかこんなことがあったよと、自分から伝えるといい。そのとき、羽鳥梓の祈りが自分を救ったこともな」

「うん！」

蒼矢は元気よく返事をし、他の三人の子供たちを見回した。

「そんなわけでよろちくー」

「うん！」

「わかった」

「……」

子供たちは一人ずつ蒼矢と掌をパチンとあわせる。梓に心配をかけたくないという気持ちは全員同じだ。

「それでは羽鳥梓のもとに送っていこう」

アマテラスが言うと紅玉が扉を開いた。子供たちは外へ駆けだしていこうとして、だが、立ち止まって祈りの井戸の周りにいる大人の四神を振り返った。

「ばいばーい」

朱陽が手を振る。朱雀も大きく手を振り返した。

「まったねー」

蒼矢が手を振る。青龍は親指を立てた拳をつきだした。

「さよなら……」

白花が小さく手を振る。白虎はにっこりとほほえみ返し、うなずいた。

「……」

玄輝がぺこりと頭を下げると、玄武は長い髭を撫でながら笑顔を向けた。

子供たちは廊下に飛び出し、梓のいる部屋に向かって駆けだした。

終

「ただいまー！」

駆け込んだ子供たちはわっと梓の周りに集まる。

「あじゅさー！」

「ただいまー！」

「おまたせ……」

「……」

子供たちに四方から飛びつかれ、梓はよろける。

「わあ、みんなどうしたの、すごい興奮しているみたいだけど」

「どうもしないー！」

すぐに蒼矢が言って他の子たちに視線を向ける。子供たちは思い思いにうなずき、

「なんでもないー」

「ないしょー」

と笑いあった。

「すまんな、放っておいて」

アマテラスが領巾を引き寄せながら狭いドアを通ってきた。

「あ、いいえ。子供たち、ご迷惑おかけしませんでしたか？」

「いやいや、みんないい子だったぞ」

アマテラスが言うと、子供たちは唇を固く閉じてうなずいた。

「あじゅさ、なにしてたの？」

朱陽が梓の腕をひっぱって聞く。

「うん？　実はクエビコさんがボーナスをくださるというので選んでたんだ」

「ぼーなす？」

「まーぼーなす、しゅき！」

蒼矢がはいはいっと両手をあげる。

「その茄子やなくて、梓くんががんばっていたからプレゼントやちゃ」

クエビコが笑いながら言う。

「うん。みんなで福井に行こうと思って、新幹線の切符にしたよ」

それを聞いて子供たちが一斉に歓声をあげた。

「ちんかんせん！」

「わーっ！　えきべんたべられりゅの！」

「えきべん……しゅき……！」

長野に行ったときのことを覚えているらしい。大喜びだ。

「ほう、羽鳥梓、実家に帰省することにしたのか」

最後に部屋に入ってきた翡翠がドアを閉めながら言った。

「はい、母親に子供たちを会わせようと思って……あれ？　翡翠さん、なんだか小さくなってませんか？」

「なんだ？　気のせいだろう」

「気のせいじゃないですよ、紅玉さんと同じ身長じゃないですか」

梓は翡翠と紅玉を見比べながら言う。確かに今二人の背丈は同じくらいだ。

「ならば紅玉が大きくなったのだ」

「え？　いや、違いますよね……」

うろんな目つきで見返す梓の肩を紅玉がぽんぽんと叩く。

「まあまあ梓ちゃん。翡翠がでかくなったり薄くなったりするのはいつものことやん」

「そうだぞ。ささいなことを気にするな。それより里帰りには私たちも同行させるんだろうな？」

「え？　ああ、えっとそれは考えてなかった……」

はて、あのボーナスの新幹線代にはあと大人が二人と記載されていただろうか？

「わしらも同行したいぞ、羽鳥梓！」

伴羽がバサバサと羽根をまき散らしてわめいた。

「新幹線には鶏が乗れただろうか、紅玉」

翡翠が首をかしげる。鉄道に詳しい紅玉はすぐにうなずいた。

「ああ、大丈夫や。小動物ならケージにいれれば」

「なるほど、手荷物扱いか……」

「失敬な！　御神鶏であるわしらを手荷物とは！」

伴羽は憤って翡翠の頭の上に飛び乗った。

「うわ、勘弁してください、伴羽殿……っ」

泣き声を上げる翡翠に梓が思わず吹きだす。その笑顔に子供たちも笑った。

「あじゅさ」

蒼矢が梓の服の裾を引っ張った。

「あじゅさ、いっぱいおいのりしてくれてありがと」

「え？」

「あまてらしゅさまのとこで、あじゅさのおいのりきいたの」

「そうだったのか。なんか恥ずかしいな」

「おれ、うれしかったの」

「……うん」

梓は蒼矢の頭を撫でた。

「みんな、タカマガハラ楽しかった？」

「――うん」

子供たちは意味ありげな笑みを浮かべて返事をした。その表情を見て梓にはピンときた。

「……なにかあったの？」

「な、なんもない！　なにもないよー！」

蒼矢が大きな声をあげる。

ははあ、これは蒼矢がなにかしたに違いない。でも、アマテラスさまも紅玉たちもなにも言わないし、子供たちもそろって黙っている……ってことは、と梓は考えた。

きっとなにか自分に心配をかけるようなことをしてしまったのだろう。でも現状、問題はない。だから神々も黙っていることを選んだに違いない。なにより蒼矢が真剣な顔をしている――。

「そっか。じゃあ、なにかお話ししたくなったら教えてね」

梓はにっこりと子供たちを見まわした。蒼矢がコクコクと首を振っている。何かあったと白状しているも同然だが、本人は気づいてないらしい。

「あじゅさ、もうおうちかえろう」

証拠隠滅のつもりか蒼矢が急かした。

「そうだね、帰ろうか」

梓の周りに子供たちが集まった。みんなの肩に手を伸ばし、梓はアマテラスとクエビコに頭を下げる。

「それでは俺たちはこれで失礼します」

「うむ、また来るがいい。ここは子供たちの故郷だ。いつでも歓迎するぞ」

アマテラスが手をあげると周りが白く輝いた。その光に一瞬目を閉じ、再び開けると池袋の自宅、玄関前に着いている。

「はあ……戻ってきた」

梓は大きなため息をついた。知らないうちにこわばっていた首をぐるぐると動かす。

「ただいまー、だねぇ」

朱陽が嬉しそうに言って玄関の引き戸に手をかける。

「あじゅさー、かぎあけてー」

「はいはい。みんな、おうちでお餅たべようねぇ」

「あいあーい！」

戸が開くと子供たちは家の中に駆け込んだ。

タカマガハラは子供たちの故郷。でも家はここ。みんなのおうち。

「ただいま」

梓はそっと呟いて、戸を閉めた。

第二話

神子たち、初売りの街へ行く

お正月というのは何度経験しても不思議だ。

年末はせかせかした気分なのに、お正月となるとそれがそわそわに変わる。

月が変わっただけなのに、気持ちも新しくなりやる気が出てくる。なにかことを始めて楽しくなりたい、そんな感覚。

それは街の様子にも現れていた。

大通りに並んだお店にはずらりと「初売り」の文字が踊り、店員さんも買い物のお客さんもみんな嬉しそうにやりとりをしている。

挨拶は「こんにちは」ではなくて「明けましておめでとうございます」。

まるで街全体にわくわくする魔法がかけられたようだった。

二日目、梓は紅玉や翡翠と一緒に子供たちを連れて池袋の駅前まで来ていた。数日前まではリボンやクリスマスベルで彩られていたデパートの壁面は、鏡餅や羽子板、梅の花などで装われ、お正月仕様になっている。

子供たちはお揃いのフリースのコートを着て、もこもこした毛糸の帽子をかぶっている。

帽子は向かいの仁志田のおばあちゃんが編んでくれた。朱陽は黄色の帽子を、蒼矢は水色の帽子を、白花は薄紫の帽子を、玄輝は赤い帽子をかぶっている。

玄輝が赤になったのは、他の子たちがその色を選ばなかったというだけの理由だ。いつものように眠っていたので、起きたときにはそれしか残っていなかった。

玄輝は赤い帽子を上下ひっくり返したりこねくり回したりしていたが、別に文句を言うわけでもなく、大人しくかぶった。まんざらでもなさそうな様子だった。

「あじゅさー、あれなあに?」

朱陽が指さしたのは駅前のロータリーに設置された大きな門松だ。プラスチックでできた巨大な竹に電飾で飾られた松が生え、リボンで出来た梅が添えられている。

年末にはクリスマスツリーが立っており、それは二六日の朝には撤去された。そのあとしばらくブルーシートをかぶっていたが、シートが下ろされてみると巨大な門松が現れたというわけだ。

「あれは門松だよ」

「かどまつー?　なあに?」

「えーっと……お正月の飾り?　というか……」

「新しい年神さまをお迎えするための準備が整ったことを知らせるための目印だ」

翡翠が横から口を出した。

「年神さまが無事に自分のところへやってきてくれるようにと立てるのだ」

「としがみさまー？」

「そうだったんですね」

じろりと翡翠が眼鏡の奥から睨みつけてくる。

「貴様、……それも知らずによく日本人をやっているな」

「まあまあ、今は門松をたてるところも少なくなっているしね」

青筋を立てる翡翠を紅玉がなだめる。

「あじゅさ、あれはー？」

今度は蒼矢が通りの街灯に飾られている白とピンクのしだれの飾りを指さす。

「あれはえっとー……桃の花……？」

自信なさげに答えた途端、翡翠が首がもげそうな勢いで振り向いて怒鳴った。

「餅花だ！」

「餅……」

「江戸時代くらいから作られたんやで。起源や由来は諸説あるけど、小正月にあの餅花を焼いて食べると一年間無病息災なんやて」

翡翠が続けて怒鳴ろうとするのをさえぎって、紅玉が蘊蓄を披露してくれる。怒りのぶつけどころがなくなった翡翠は、頭のてっぺんからシュウッと蒸気を噴き上げた。

「あれ、たべられんのー？　おいしそー」

蒼矢が嬉しそうに言った。すぐにでも飛びあがって食べそうだ。紅玉は急いで蒼矢の帽子を押さえた。

「あれは残念ながらプラスチックやから無理やな。うちに帰ったら柳の枝でも手に入れて作ってみようか」

「ちゅくりたーい！」

子供たちは目を輝かせ、いっせいに声を上げた。楽しげな子供たちの様子に、翡翠もようやく怒りを溶かして笑顔を見せる。ただし、梓には眼鏡を光らせることを忘れていなかった。

「お正月っていいですね」

梓ははしゃいでいる子供たちの様子を見ながら言った。

「なにか気持ちが切り替わるって言うか、新しいことが始まる気がするし、やんなきゃいけないって気持ちになります」

「……大みそかには禊作用（みそぎさよう）があるんかもね」

お正月に感じた梓の言葉に紅玉が答えた。

「去年のことは去年のこと。今年は今年。たった数日の、いや一日のことなのに、まるで遠い昔のことのように思えるねえ」

「確かにそうですね」

梓がうなずくと、黙っていた翡翠がこちらを向いた。もう怒った顔はしていない。

「人の心とは不思議なものだな。私は泉の精として永い間存在したが、そのときは日も時間も感じることはなかった。泉に顔を映す人間たちの変化だけを見ていた。だがこうやって人の姿をとっていると、新年というものにわくわくしてしまう」

「翡翠さんもそうなんですか」

「そうだ、正月には正月だけしかないスペシャルイベントが目白押しだからな！」

翡翠は梓にチラシをつきつけた。

「見ろ！　サンシャインで特撮ヒーローの餅つき大会が……！」

そっちかいっ！　とつっこみたいのを堪える。今年の目標は翡翠のボケにつっこむのをやめるところから始めよう。

「梓ちゃん、梓ちゃん！　あれ、買ってみない？」

紅玉が子供のように服の裾をひっぱって叫ぶ。指さす方を見ると、家電量販店の前にでているワゴンに積まれた福袋の山がある。

「えー、俺、ああいうのはあまり……」

「新しい年の運だめしってことでさ」

「でも家電ですよ？　必要のないものや、家にあるものとだぶったら困りますよ」

「不要品なら売ればいいじゃない。あ、なんだったら僕が買い取るさかい」

紅玉の顔が輝いている。それを見て、そもそも彼は家電好きだということを思い出した。ワゴンの福袋は千円のものから一万円のものまでいろいろと揃っている。

紅玉には世話になっているし、彼が喜ぶなら福袋のひとつくらい買ってもいいかな、と梓は子供たちの手を引いてワゴンに近づいた。

「はい、いらっしゃいませ、いらっしゃいませ！」

店頭販売のスタッフが黄色いはっぴを着て景気よく声をかける。

「せっかくだから子供たちに選んでもらおうや」

紅玉は子供たちの顔をぐるりと見回した。

「さて、誰が選ぶ？」

「あーちゃん！」

「おれーっ！」

こういう時には真っ先に声をあげる二人が手を突き上げた。

「それじゃあ選んでもらおうかな」

紅玉は蒼矢を抱き上げた。朱陽も翡翠の手で抱き上げられる。

「どれがいい？」

「うーん……」

朱陽と蒼矢は真剣な顔で紙袋を見た。

「これ、値段が高いからって大きいわけではないんですね」

梓は子供たちの背後からワゴンをのぞき込んだ。

千円、二千円の袋は角張ったものが入っているのか大きくふくれあがっているが、五千円、一万円の袋は大きなものもあれば片手で持てそうな小さなものもある。

「大きいものはさすがに袋に入らんからな。中には引換券が入っているんやない？」

「あ、そうか」

袋をじっくり見ていた蒼矢が千円の大きめの紙袋の持ち手を掴んだ。

「おれ、これー！」

「あーちゃん、これー！」

朱陽は二千円の袋を高々と持ち上げる。

「あわせて三千円かあ。何か役に立つものが入っていればいいけど」

梓は財布から千円札を三枚取り出した。福袋を買うなんて、初めての経験だ。こういうのって贅沢な買い物だと思っていた。

「なにが入っているかなー」

「なにかなー」

「なにかなー」

店の前の道路で袋を開けてみる。蒼矢が選んだ袋の中には、単3の乾電池が八本と、ライトのついている携帯用ラジオ、それにサイズ違いの洗濯ネットが三枚入っていた。

「……家電ですらない」

梓は洗濯ネットを裏表とひっくり返してみた。本当に普通に洗濯ネットだ。

「まあまあ、役に立つものでよかったじゃない」

中に入っていたものに苦笑するしかない。蒼矢は梓の顔を見上げて「あじゅさ、うれしい？」と心配そうに聞いてきた。

「うん、乾電池も洗濯ネットも使えるからね、嬉しいよ。でも、ラジオはどうしよう……」

「まあ災害が起こったときとか役に立つんじゃないかな」

「はあ……」

できればそんなときがこないことを祈りたい。

次に朱陽が選んだ袋を開けてみた。かなり大きくてかさばっている。

「なにかなー」

「なにかなー」

「なにか大きなものが入っているぞ？」

翡翠が袋から四角い箱を取り出した。

「えっ、これって……」

それはヘアドライヤーだった。しかもナノイー発生、速乾で、ＵＶケアができるという優れもの。

「これっておかしくないですか？　二千円の袋ですよ、俺が買ったの。これはかなり高いでしょう！」

「だが、羽鳥梓。これを見ろ！」

翡翠が箱にかかれた宣伝文句を指さす。

「極上のサラツヤ、髪に驚きのうるおいを。美しい髪を求めるあなたに――子供たちの髪にふさわしいではないか！　そもそも今おまえが使っているヘアドライヤーは大学生の頃から使っているものだっただろう！　最近少しこげくさいぞ！」

「そ、それは……」

大学生の頃というか、就活のために少しでも見栄えをよくしようと買ったものだ、しかも中古屋で。

「私は前から替え時だと思っていたのだ！　朱陽がこれを選んだのはまさしく天啓！」

「そ、それにしたって高価すぎますよ、これは絶対に間違い……っ」

そのとき梓は気づいた。紅玉が人差し指を唇に当て片目をつむっていることに。

「紅玉さん……、これって、まさか神さまのえこひいきじゃないでしょうね」

「髪を守る神さまというのがおられてな、梓ちゃん」

やっぱり。

「京都嵯峨野の小倉山にある御髪神社に祀られてらっしゃる藤原采女亮政之さま。この方は美容師、理容師の神様、理美容業界の神様と言われててな、前々から子供たちの髪を気にかけておられて……」

「ありがたくいただいておけ」

全てはしょって翡翠は朱陽の頭を撫でた。

「見ろ、この朱陽のかわいらしい髪を。白花のつややかな髪を。蒼矢や玄輝の天使の輪を。この美しさを守るのはおまえの使命だぞ、羽鳥梓！」

「……わかりましたよ」

どうやら福袋を買おうというところから仕組まれていたらしい。神さまが子供たちの髪を心配してくれたなら、ありがたく受け取るしかない。

「ありがとうございます」

「うん」

紅玉はどこかほっとした顔をしていた。神々の過干渉を梓が警戒していることはよく知っているからだ。

「他にも入っているぞ、羽鳥梓」

翡翠が袋の中身をごそごそと探る。

「ええっと、ブレンダーにコーヒーメーカーに電動泡立て器にポータブルＤＶＤ再生機に、おお、スティック型掃除機……！」

「そんなに入るわけないじゃないですか！　あきらかに後半福袋のものじゃないですよね！」

放っておいたら店が開けそうな勢いだった。

結局、梓はヘアドライヤーと電動泡立て器だけをありがたく受け取り、家電量販店をあとにした。

「まったく油断も隙もない」

駅につながっているデパートに向かいながら梓はため息をついた。

「まあまあ梓ちゃん、神々は君に楽をさせてあげたいんだよ」

紅玉は蒼矢と朱陽が選んだ福袋を両手で持っている。けっこう重量はあるはずだが、足取りは軽い。

「まだ使えるものも家にたくさんあるのにあんなにもらっても勿体ないですよ」

「梓ちゃんはケチ……いや、ものを大切にする人間なんやね」

ケチなのは仕方がない。決して裕福ではない家で育ったのだから。

「大事に付喪神も生まれるんでしょう？　家電にはむずかしいかもしれませんが、そのくらいの気持ちでものは使いたいですよ」

「えらいなー」

「しかし羽鳥梓」

玄輝を抱きかかえ白花の手を引いた翡翠が梓の顔を覗き込む。

「子供たちのためには古いものより新しいものを使ったほうがいい場合もある。要は臨機応変、子供たち第一だ」

「わかってますよ。俺だってコゲくさいドライヤーは買い替えるつもりだったので、今回はありがたいです」

「そう言ってくれると嬉しいわ」

紅玉はにこにこしながらドライヤーの入った袋を持ち上げてみせた。

「はい、おめでとうございます、大当たりです！」

カランカランと大当たりの鐘が鳴り響いたとたん、周囲の人たちから拍手があがった。目の前の大柄なスタッフが、金色の当たり鐘というハンドベルを大げさな身振りで振っている。

回りはデパートの食料品売場に初物を買いに来た買い物客でざわざわとにぎやかだ。

鐘を振る売場スタッフの前で、梓は赤ん坊くらいの大きさの真っ赤な鯛を抱え呆然としていた。

「あじゅさ、しゅごーい！」

「おっきなおさかなー！」

子供たちは巨大な魚に大喜びだ。

生きている鯛ではなく、練り物——飾りかまぼこと言われるものだ。ぎょろりとした大きな目と口を持つデフォルメされたデザインの鯛で、結婚式の引き出物などに並んだりする。

「いや——あの、」

梓は目をしろくろさせて紅玉や翡翠を見た。

「三五〇円の明太子しか買ってないですよね？　こんなのが当たるなんて聞いてないですよ!?」

食料品売場の魚屋で明太子を買っただけだ。なのにお正月の運試しキャンペーンと言われて引いた三角くじが大当たり。

「これってまた神さま案件……」

「まあまあ、梓ちゃん」

「鯛は昔から縁起物だし」

　紅玉と翡翠が背後から梓を抱え込んでなだめる。

　目の前にいる魚屋のおじさんは鼻の下にふたつ、あごにひとつ、小さな髭をはやし、丸々とした頬と誘われて笑ってしまいそうなそれは見事な恵比寿顔。白いキャップに白い制服を身に着けているが強烈な違和感がある。正しい衣装は赤いずきんと釣り竿だろう。

「梓ちゃんの想像通り、恵比寿さまがわざわざいらしているんや」

　紅玉が小声で耳打ちする。

「いや、にいちゃんめでたいなあ！」

　恵比寿さまにじきじき言われては断るわけにはいかないじゃないか。

「あ、ありがとうございます」

　この恵比寿さまを筆頭に、デパートを出るまでの間、梓はキャンペーンだのくじ引きだの抽選だのの波状攻撃を受けた。

　子供たちは大喜びでガラガラを回し、くじを引き、スタンプを押してもらっている。

「あじゅさー！　くちゅしたもらったー」

「あじゅあさじゅさ！　れごのせっと、くれるって！」

「あじゅさ……けんびきょうとぼうえんきょうだぶるで……」

「なっとう。いちねんぶん」

子供たちがもらったものを報告してくるたびに梓の顔色が悪くなってゆく。

「ごめんなあ、梓ちゃん。タカマガハラの神々がどうしても子供たちにお年玉をあげたい、ゆうてな」

どんどん荷物が増えていく梓を見ながら、紅玉が本当に申し訳なさそうに言った。

「梓ちゃんがこういうのがあまり好きじゃないっていうのは伝えてあるんやけど……まあ正月枠ということで勘弁してもらえんかな。知っての通り、正月は一年の中で一番神さまパワーが大きくなる月で、みなさんのはっちゃけぐあいが尋常じゃないんや」

「そもそも神々がくださる加護を迷惑と考える時点で不敬だろう。もらえるものはありがたく受け取れ」

紅玉の言うことも翡翠の言うこともわかる。しかし。

一〇キロの米袋を受け取ったところで梓は膝をついた。

「お願いします……、これ以上は……車とか世界一周旅行のチケットとか出てくる前に、家に帰らせてください……」

ようやくデパートを脱出して駅前の通りにでると、ずいぶんな人出だった。大勢の人たちが道路に立って車道の方を見ている。

人々の頭の上を透かし見ると、長いマイクセットが見えた。どうもテレビ番組の撮影をやっているらしい。

神さまたちから頂いた贈り物は今は翡翠と紅玉が持ってくれている。さすがに米一〇キロは宅配便にしてもらったが、それでも二人とも大荷物だ。梓は子供たちと手をつなぎ、人並みに流されないよう足をふんばった。

「あっ！」

白花が悲鳴のような声をあげた。

「どうしたの、白花」

白花は朱陽と手をつないでいたのだが、その手をぱっとふりほどいて人が集まっている輪の中に突進する。

「し、白花、だめっ、あぶないよ！」

梓は朱陽と蒼矢の手を引いて――玄輝は蒼矢にひっぱられている――白花のあとを追った。

「豊島区のみなさん、こんにちはー」

マイクを通したキンと響く声が聞こえた。

「今日は初売りの買い物客でにぎわう池袋駅前に来ています」

この声――。

マイクで金属的に聞こえるが間違いない。白花の持つＤＶＤで何度も聞いたさわやかな声だ。

「……たかしちゃんだあ」

取り巻く観客の足の間からのぞき込んだ白花が感激の声をあげた。白花の大好きな本木貴史が若手芸人と一緒にマイクを持っている。

「明けましておめでとうございます。今日、池袋へはなんのご用事で？」

なんの番組かはわからないが、貴史と芸人が取り囲んでいる人たちに街頭インタビューをしている。あらかじめお願いしていたようで、マイクを向けられた人はよどみなく答えていた。

「白花」

ようやく白花を探し出した梓はその背中に声をかけた。白花はちらっと振り向くと、

「たかしちゃん」と小声で言った。

「ああ、そうだね。お仕事中かな」

「たかしちゃん、おしごと……かっこいい……」

白花は話し方がゆっくりしているだけで、四人の中では一番言葉を知っている。だが本木貴史に関わることではボキャブラリーが極端に減る。

とりあえず「かっこいい」しか出てこないらしい。

予定されていたインタビューが終わった後、時間が余ったのか本木貴史がマイクをもってうろうろし始めた。その視線が大人たちの足の間で立ちすくんでいた白花に向く。

「あ」と声に出さずに貴史は唇を動かした。それから笑みを浮かべて白花に近づいてきた。

「こんにちは」

貴史に話しかけられ、白花は真っ赤になる。

「こん……」

言い掛けて気づいたのか、勢いよく頭を下げた。

「あけましておめでとうございます！」

「ああ、そうだったね。明けましておめでとう」

貴史は白花の目線に合わせてしゃがむと、音声のスイッチをオフにしたマイクを差し出した。

「今日はどうして池袋駅にきたんですか？」

幼児に丁寧に話しかける貴史に、見守っていた人たちの間から「かわいいー」「本木くんやさしー」と声があがる。

白花はもじもじして、後ろの梓を振り返った。梓がうなずいてやると、

「えっと、えっと……そーちゃんとあーちゃんが……ふくぶくろ、かいました」

と、答える。

「そうなんだ、福袋、僕も好きだよ。いろいろはいってるよね」

「えっと、えっと、へあどらいあー、……はいってた」

「そっかあ。よかったね、へアドライヤー。髪、きれいだものね」

ほめられたとたん。白花の髪がパチパチと小さな音をたて、広がった。嬉しすぎて静電気が発生したらしい。

「本木くん、いきますよー」

向こうで番組のスタッフが呼んでいる。貴史は立ち上がりながら梓に軽く頭をさげ、「じゃあね」と手を振って去っていった。それを機に集まっていた人たちもわらわらと散ってゆく。

「白花……」

白花の肩に触れるとビリッとする。帯電しているようだ。

「白花、ビリビリしてるよ。危ないからそっとお外に出してね」

耳元でささやくとこくりとあごを引いた。両手を握ったり開いたりして電気の放出を調整する。去年、雷獣(らいじゅう)と一緒に電力を扱う訓練をしたが、それが役に立っているらしい。

「もう……だいじょぶ」

「そう。白花、貴史くんに会って嬉しかったんだね」

「うん！」

白花は振り返って満面の笑みを見せた。

もしかしたらこれも神さまのお年玉だったのかもしれない。白花にとっては今日一番のプレゼントだ。

「じゃあおうちに帰ろうか」

「うん……いまのさつえい、なんのばんぐみかなあ」

白花が言うと翡翠が両手いっぱいに荷物を抱えながら身を乗り出す。

「任せろ、白花。私が調べておいてやろう」

「ありがと……ひーちゃん……たよりになる……」

「わはは！　そうだろうとも！」

ほめられて有頂天になった翡翠が胸をそらす。そのために足元がおろそかになり、大きな荷物を持っていたせいもあり、勢いよく後ろにひっくり返った。

バシャン！

派手な水音が響き、荷物が飛び散った。ぎょっとして見ると翡翠の姿はなく、アスファルトの上に大きな水たまりが広がっている。

「うわああ!?」

梓はとっさに周りを見回したが、周囲の人は気づかずに歩いていたり、あるいは水音がしたので振り向いたという感じで驚いている様子はない。

翡翠が水に変化したところはうまい具合に目撃はされていなかったようだ。万が一誰かが見ていたとしても、あまりにも非常識な出来事に、きっと自分の目を疑ってくれるに違いない。

梓は水たまりのそばに駆け寄り、翡翠の落とした荷物を拾い出した。紅玉も急いで動いて周りに散った荷物をかき集める。

「すまん、足が滑……」

水たまりに顔が浮いてきた。ばしんっ！　と紅玉がそれを無慈悲に叩き潰す。

「あほお！　そのまま水のフリしとけ！」

小声の叱咤(しった)に翡翠の顔は水の中に消えてゆく。

紅玉と梓は荷物を抱えると立ち上がった。

「ごめんね、みんな。今荷物を持ってるから手をつなげないんだけど、ちゃんとついてきてね」

「あいあーい」

荷物を抱えて急いでデパートのショーウインドウの前に移動する。しばらく待っていると、翡翠が復活して歩いてきた。体はもちろん、服も眼鏡もちゃんと戻っている。

「すまん、私としたことが」

「浮かれとるからだ、あほ」

紅玉が爪先立って翡翠の後頭部をはたく。

「白花にほめられたものでつい……なんだ、羽鳥梓、なにを笑っている」

梓は荷物を持った手で口元を隠した。

「いえ、翡翠さんの初失敗に紅玉さんの初あほだなあと思って。今年も変わりなくて嬉しいです」

あはは、と紅玉が疲れた様子で笑う。

「梓ちゃん。何百年もあほだったやつがすぐに変わるわけないよ」

「だっ、誰が百年あほだ！」

翡翠が紅玉に噛みついた。

「百年あほって固有名詞みたいですね」

「ああ、百年桜とか、百年蔵とか？　それええな。翡翠、おまえこれから百年あほの翡翠と名乗れ」

「きさまら……新年早々冥途(めいど)へ旅立ちたいか？」

翡翠が頭から湯気を上げ始める。そんな彼の服の裾を朱陽がひっぱった。

「ひーちゃん、だいじょぶー？」

「からだこわれちゃったねー」

蒼矢も翡翠の顔を心配げに見上げている。

「おお、朱陽、蒼矢。大丈夫だ問題ない」

「ひーちゃん……しらぁなのせい？」

白花が悲しみを湛えた目を向けると、翡翠は大慌てで首を振った。

「とんでもない！　白花のせいであるものか！　これは私が……くっ、あほだったからだ……！」

「認めた」

「認めましたね」

「うるさい、おまえたち！　さあ、とっとと帰るぞ！」

翡翠は梓から荷物を奪うと急ぎ足で歩きだした。

「梓ちゃんごめんねえ。今年もこんなんだけどよろしくな」

「こちらこそ」

乾燥した冷たい空気の中、賑やかなざわつきを心地よく感じながら、梓は新年の街の中を歩きだした。

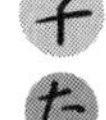

、おばあちゃんに会う

序

帰省ラッシュが過ぎたとはいえ、金沢行きの北陸新幹線はまあまあの乗車率だった。

前回の長野行きより乗客が多く、子供たちはそわそわしている。

座席の上に立って背もたれ部分から後ろを見たり、椅子のひじ掛けから体を伸ばして人の数を数えたりしていた。

「ねーねー、みんなふくいにいくの？」

朱陽(あけび)は、梓(あずさ)の膝の上に立ち上がると、重要な秘密を話すように耳元に口を押し当てた。

今回も二人掛けの席を回転させて子供四人と梓が座り、通路を挟んだ三人掛けの席に紅玉(こうぎょく)と翡翠(ひすい)が座っている。

「そういうわけじゃないよ。途中の長野(ながの)で降りたり富山(とやま)で降りる人もいるよ」

「ふくいでおりるひともいるの？」

「……新幹線は福井(ふくい)に行かないんだよ」

悲しげに言う梓に子供たちが心配そうな顔になった。

「なんでー？　ちんかんせん、ふくいきらいなの？」

「どうすんの？　ふくいいかないの!?」

朱陽と蒼矢（そうや）が大げさに騒ぎ始める。

「……金沢で乗り換えるから大丈夫だよ」

「どうしてふくいまでいかないの？　ちんかんせんでばーっといっちゃえばいいじゃん」

「ばーっと行ければ……くっ」

梓は屈辱の拳（こぶし）を握る。

福井県民の悲願、北陸新幹線福井開通までもう少し。いつか子供たちを連れて必ず新幹線で福井の地を踏むのだ……！

「羽鳥（はのとり）梓、そんな顔をしていたら子供たちが怖がるではないか」

通路を挟んだ座席に座っている翡翠がもっと怖い顔をする。

「あ、す、すみません。そんなつもりじゃ」

梓はあわてて両手で頬を揉みほぐした。北陸新幹線のことになると冷静でいられないのは福井県民の血か。

「あじゅさ……えきべん、たべていいの？」

白花（しらはな）が膝の上にビニール袋を乗せている。白花の顔が見えないくらいに重なった駅弁は全部で五つ。

「白花重いだろ？　下ろしていいんだよ」

「へいき……しらぁな、えきべんくばるかかり」

白花は駅弁を両手でぎゅっと抱える。前回長野行きのとき駅弁を食べてからすっかりファンになったらしい。配る係と言いながら誰にも渡すまい、という態度だ。

今回は紅玉と一緒に買い物に行って白花が自らいろいろと選んだそうだ。

「白花は駅弁のどこが好き？」

「えー……、えーっとねー……、うえにえがかいてるとこ」

「包み紙の絵？」

「あとねー、……いろいろいっぱいはいってるとこ……。でも、いちばんは……でんちゃでたべるとこ……」

白花は考え考えしながらゆっくりと答えた。

「そう、それこそ駅弁の醍醐味(だいごみ)だよ！」

翡翠の隣で紅玉がもっともらしくうなずいている。白花を駅弁鉄——そういうのがあるらしい——の道に誘い込む気満々だ。その膝の上にも駅弁が二つほど乗っている。

「あーちゃんもえきべんたべたいよー」

朱陽が立ち上がって梓の肩を揺すると蒼矢も座席の上にねそべって「たべたーい」と声をあげた。

「待って。まだ東京じゃない。せめて大宮過ぎてからにしようよ」

梓がそう言うと紅玉が「梓ちゃんもわかってきたね」と笑顔を向けた。

クエビコからもらったボーナスには大人一人と子供四人分のチケット代だったので、紅玉と翡翠は自腹だ。

「えきべんえきべん」と合唱をする朱陽と蒼矢を制してようやく新幹線は大宮に辿り着く。乗り降りがあって車体がホームを動き出すと、すぐに白花がビニール袋を開けだした。

今回の弁当は上野で購入した。パンダのパッケージがかわいい肉の万世の「万かつサンド」、定番崎陽軒の「シウマイ弁当」、浅草今半の「牛玉重」、仙台の「牛タン弁当」、筆文字がかっこいい「伝承鯵の押寿し」、新幹線のパッケージが子供たちの心を打ちぬく「新幹線Ｅ７系弁当」、そして高崎名物「だるま弁当」の以上七種類。

「わー、どれからたべよう!?」

膝の上にお弁当を広げて箸を迷わせる。大勢で食べるからいろいろ選べるのも駅弁の醍醐味だ。

「うまそうじゃな」

突然、聞きなれない声がした。みんながいっせいに声の方を見ると、おかっぱに赤いコート、黄色い長靴の少女が紅玉の隣に腰かけている。

「あ、あなたは」

紅玉が飛び上がって頭を下げた。

「ちんかんせんのかみさまだー！」

子供たちが声をあげる。

「おお、覚えていてくれたか。だが正確にはＪＲの神じゃな」

少女の姿の神さまはぽんと座席から飛び降りると、駅弁を広げている子供たちの前に立った。

「牛玉重か。このあたりをちょっとくれ」

「いーよー」

朱陽が箸を上手に使って肉を摘まみ上げた。

「あーん」

「あーん」

少女が口を開ける。見守っている梓も思わずあーんと口を開けてしまう。

「ん、うまい。さすが今半じゃ」

「かみさま、おれのもたべりゅ？」

蒼矢がＥ７系弁当の唐揚げを取ろうとして迷い、ソーセージを取ろうとして迷う。唐揚げもソーセージも蒼矢としては譲れないのだろう。

「えー、うーんと……」

結局選んだのはポテトフライだ。さすがに申し訳なさそうな顔をしている。

「うん、うまい。実はポテトフライが食べたかったのじゃ」

少女神が、姿は子供だが大人の対応をしてくれる。

「かみしゃま、ぎゅーたん、……どうじょ」

白花が大きな牛タンを箸ですくって持ち上げた。だが、力が緩くて牛タンがつるりと箸から滑り落ちてしまう。

「あっ！」

思わず叫んだが、床に落ちる前にＪＲの神さまがさっとしゃがんでそれを口で受け止めた。

「ごめんちゃい……！」

謝る白花に神さまはにっこりして親指を立てる。

「大丈夫じゃ。空を飛ぶほど新鮮だということじゃな」

玄輝（げんき）は黙ってカツサンドを差し出した。少女も黙って笑顔で受け取る。

「うん、やはり大勢で食べるのは楽しいな。こうやって輪になって車窓の景色も楽しみながら……あとはこれで酒があればな」

「ありまっせ！」

紅玉はビニール袋の中身をガンガン鳴らしながら持ち上げた。

「自販機で買っておいてよかった。ビールですけどよろしいですか？」

「おお！　これはありがたい」

「そしてホームで売ってる『国技館やきとり』です」

「これはこれは」

神さまが相好を崩す。子供のように無邪気な顔だが視線がビールに向けられているので梓は困った。

神さまが見た目通りの年齢ではないことはわかっている。だが少女の姿でビールを飲めば、他の子供たちも飲みたいと言い出すに決まっている。

「あ、あの」

ここは心を鬼にしてご注意申しあげねば、と思ったとき、

「まあ、待て。やはりこの姿で飲酒すると車掌が飛んでくるじゃろうからな」

少女がそう言うと、たちまちその姿が変わった。身長が伸び、こけしのように寸胴だった体は膨れ上がり、そこに出現したのは――。

「わあ！　かみしゃま、おっきくなったあ」

子供たちがきゃあきゃあと笑う。

少女、いや四十代くらいの女性に変化したＪＲの神さまは、三段になった腹をぱあんと叩いた。

「どうじゃ、この姿ならたとえ一升瓶を抱えていてもだれも文句は言うまい」

まんまるな頬にちんまりとした鼻、大きな口、そしてゆうに八〇キロはありそうな巨体。赤いコートと黄色い長靴はそのままなのに、見るからに田舎で近所の畑に行きそうなおばちゃん……中年婦人の姿になっていた。ご丁寧に髪型もパンチだ。

「どうじゃ？」

梓の心を読んでいたのか、ＪＲのおばちゃん神がにんまりと笑う。

「は、はい。結構かと思います」

でも一升瓶は抱えないでほしいと強く願う。

一

長野までＪＲの神さまを含めて楽しく過ごした。さすがに路線に詳しく、昔ここになんとかという駅があった、このあたりは勾配が厳しくて苦労した、電力会社が線路の途中で変わっていたなどの蘊蓄に子供たちは目を輝かせた。

「おお、そろそろ長野じゃの」

中年婦人の姿をしたＪＲの神さまは缶ビールをホルダーに戻した。まもなく新幹線が静かに長野駅のホームに滑り込む。すると車内の人の半分くらいが立ち上がって降車し始めた。

「長野で降りる客がけっこう多いのだな」

翡翠が車内を見回して言う。

「新幹線のおかげで東京まで一時間という近さになったからの。平日の新幹線はほとんどビジネスマンじゃ」

そう言われればホームを歩く人々は背広にコートの男性が多い。

「さて」

そう呟いた女性の姿がするすると小さくなる。少女に戻るのかと思ったら、目の前に現れたのは少年の姿だった。

「あれー？　かみしゃま、またかわった」

「うむ」

今度は赤いコートは着ていない。青いダウンジャケットに黒い長靴の小学生くらいの男の子だ。

「長野からはＪＲ東日本に代わってＪＲ西日本となる。なのでわしの姿も変わるのだ」

「そうなんですか。じゃあＪＲ九州や北海道でも？」

「そうじゃ。北海道や九州、それに四国にいったときはまた別な姿で会おう。ではそろそろわしは失礼する」

少年の姿をしたＪＲの神さまは床の上に降り立った。

「そうじゃ。最後にひとつ教えておいてやろう。ＪＲの秘密じゃ」

少年は声をひそめた。みんなが顔を近づける。

「実は……ＪＲのロゴは一筆書きで書けるのじゃ」

そう言って神さまは姿を消した。そのあとみんなでＪＲのロゴをノートに書きだし、「ほんとだー」と大発見をしたかのように喜んだ。

金沢駅に着いた。

ここからは北陸本線を使う。大体一時間に四、五本、特急も二本以上あり、新幹線がなくても不便ではないと思われるが、

「いや、やっぱり欲しいですよ新幹線」

梓は憧れを込めた視線を降りたばかりの北陸新幹線の鼻先に向けた。アイボリーの地色に空色と金銅色（こんどういろ）のラインが入った上品な車体。

「開通すれば東京は当然、大阪、京都も近くなりますからねえ」

「梓ちゃん、北陸新幹線のことになると熱いねえ」

紅玉がからかうので梓は「いやあ」と頭をかいた。自分でも自覚しているので反論はしない。

「年に一度しか帰省しない人間に近さを説かれてもな」

翡翠がチクリといやみを言うが無視した。スルースキルは高くなったと思う。

北陸本線は特急しらさぎに乗った。

しらさぎは名前の通り真っ白な車体で、斜めに切り落とされ大きくクリアな運転席は未来的なデザインだ。

福井まで四八分、新幹線より少し狭い車内の中、金沢まではしゃぎ過ぎたのか、子供たちは座席に丸まって眠ってしまった。

「さて、ここからはどう行くん？」

駅の改札を出て、福井の地に降り立って紅玉がきょろきょろと周りを見回す。

ガラス仕立てのモダンな駅舎の前には恐竜が何頭もいる。駅舎のガラス面にも恐竜が描かれていて迫力がすごい。

しらさぎで眠ってしまった子供たちは、起こされたとき少々不機嫌だったが、実物大の恐竜を見て眠気も吹き飛んだらしい、大興奮でさわいでいる。

「あじゅさ、あじゅさ！　きょうりゅーのとこ、いく！」

蒼矢の足が地面から離れそうになって、梓は慌ててその体を抱きかかえた。

「わかったわかった、ちゃんと行くから落ち着いて」

梓は子供たちに引っ張られるようにして、恐竜たちが立っているスペースに向かった。

柵で囲まれた芝生の中に三頭の恐竜がいる。フクイラプトル、フクイサウルス、フクイティタン――名前からわかるようにいずれもかつて福井で生息していた恐竜だ。それらは動いて声も出していた。

「すっげー！」

蒼矢は柵に掴まってぴょこぴょことお尻を上下させる。最も大きなフクイティタンは六メートル、二階建ての家くらいの大きさがあり、迫力がすごい。

「おっきなこえー」

朱陽は恐竜の咆哮(ほうこう)に両手で耳をふさいだ。

「なんで……きょうりゅういるの……？」

しゃがみこんだ白花は、両手で捕まった柵の間からこわごわと恐竜を見て聞いてきた。

「福井県ではね、たくさん恐竜が発掘されたんだ。だから県をあげて恐竜を応援しているんだよ」

県をあげて恐竜たちを商品化しているんだよ――というのが正しいかもしれないな、と思いながら、梓は笑顔で答えた。

「……」

いつも眠ってしまう玄輝も動く恐竜を熱心に見ているので、楽しんでくれているらしい。

「さあ、みんな。レンタカーを借りられたから、ここからは車で行こう」

紅玉がそばに寄ってきた。見るとロータリーに翡翠が運転するボックスカーが入ってくるところだった。

「えーもっときょうりゅーみるー」

「帰りにも見られるし、それに明日は恐竜博物館にも行くよ？　ここよりももっとたくさん――空を飛ぶ恐竜も見られるよ？」

「おそら？　ほんと？」

朱陽がその言葉に反応した。

「あのねー、とりさんはねー、きょうりゅうのなかまだったって、てれびでゆってたの！」

朱陽は公共放送の動物番組のタイトルをあげた。この番組は子供たちにも大人気で、録画して何度も見ている。

「うん、そうだよ。恐竜に関してはどんどん新しい発見があるから、博物館でもたくさん新しい恐竜が生まれているんだ」

「うまれるの？　あかちゃんいるの⁉」

子供たちが「きゃーっ」と大きな声をあげる。

「いや、赤ちゃんはどうかな……」

新しい模型やロボットが作られているということを言いたかったのだが、どうやら誤解をさせてしまったらしい。

「ど、どうしよう……」

「まあ博物館に行く前にちゃんと説明すればええよ」

紅玉が肩を叩いて声をかける。

「さ、みんな。レンタカーのるで」

「あいあーい」


レンタカーのナビに自家の住所を入力すると、女性の声でルートの案内が始まった。翡翠はハンドルを大きく回して車を発進させる。

ナビの柔らかな音声を聞きながら、梓は流れる風景に目を向ける。

駅前や街中はいくぶんかの変化を感じるが、そこを通り過ぎると静かな住宅地に入った。

東京と違ってそれぞれの家が庭を持っているため、ぽつんぽつんと建っている印象がある。

かと思うといきなり大きな格安衣料品店や見慣れないドラッグストアが出てきて驚く。

それらが建つ前はなにがあったのか、思い出すことはできない。

前から知っている店を見ると安心し、その店のシャッターが閉まっていると心配になる。

ああ、あの蕎麦屋はまだ営業している……あの金物屋は空き店舗になってる……ここも空き家になってる……おや、新しい家がみっつも建ってる……。

だんだん見知った景色になってきた。母の住む団地までもうすぐだ。

池袋では見ることができない広い広い空。スコンと抜けた道路には、人は歩いていないが車だけは忙しく通ってゆく。

「はあ……」

梓は大きなため息をついた。

「大丈夫か？　梓ちゃん」

紅玉が前の座席から身をひねって顔を出す。

「大丈夫です、ちょっと緊張して」

「今日帰ることは伝えてあるのだろう？」

翡翠がハンドルを握ったまま背中で聞いてきた。

「はい。でも子供たちのことは言ってなくて……」

「梓ちゃんを育てたお母さんなら、きっと笑って受け止めてくれるよ」

紅玉がなぐさめ、

「そうだ、子供たちの愛らしさにひれ伏すがよい」

翡翠が不穏当なセリフを吐く。

「だといいんですが」

白花が座席の上に膝立ちして梓の額に手を当てる。

「あじゅさ……だいじょぶ？　なんかこあい……？」

「え？　いや、大丈夫だよ白花」

白花は声が出なかったときはずっと念話を使っていた。そのせいで子供たちの中ではだれよりも梓の心の声に敏感だ。不安に思っていることを感じ取ってしまったのだろう。

梓は白花を膝の上に乗せると、おでこをこつんと押し当てた。

「あのね、これからみんなを梓のお母さんに紹介しようと思っているんだ」

「おかあさん？」

「ママのこと？」

朱陽や蒼矢も梓の体にくっついてきた。玄輝は座席の上ですやすやと眠っている。

「そう、ママ。優翔くんママやマドナちゃんママみたいなママ」

「あじゅさのママ？」

「あじゅさにもママがいるの？」

「うん――梓はママとは呼ばずにお母さんって呼んでいるけど、梓をこの世界に生んでくれた人だよ」

「あじゅさ、うまれたの？」

「あじゅさはどんなたまごちゃんだったの？」

子供たちが驚いた様子で聞く。

「梓はみんなみたいな卵じゃなかったんだ。お母さんのおなかから、人の形で生まれたんだよ……まだちょっとむずかしいかな。でもお母さんは梓にとっては大事な人なんだ」

梓は子供たちの頭をじゅんぐりに撫でた。

「梓のママだからみんなにとってはおばあちゃん、かな」

「おばあちゃん」

朱陽がぱっと顔を明るくする。

「にしだのおばあちゃんみたい？」

「仁志田（にしだ）のおばあちゃんよりは若いけどね」

「わかいって？」

蒼矢が首を傾げた。子供たちにはあまり縁のない言葉かもしれない。

「うーんと……まだ髪も黒くてしわも少ないってことかな」

「ズイブン雑な説明だな」

翡翠が呆れた声で言った。

「そもそも年が上とか下とかってどのくらいからわかるようになるんやろな」

紅玉が「なあ」と翡翠に振る。

「おばあちゃんには今までみんなのことを話していなかったんだ。みんなが神さまの子供だっていうことを。みんなもお友達やご近所さんには内緒にしてるだろ？　でも、今日、おばあちゃんにほんとのことを話すつもりなんだ」

「ふーん？」

子供たちにはぴんとこないようだった。とまどったような顔で梓を見上げている。

「おばあちゃん、きっとびっくりすると思うんだ。もしかしたらみんなのことを怖がるかもしれない……でもそれはびっくりしただけで、みんなを嫌いってことじゃないからね？」

母は狭量な人間ではないはずだ。人を差別する発言も聞いたことはない。長年保険の営業をやっていて、いろんな人を見てきている。それでも子供たちを攻撃するような言葉を吐いたとしたら……。

思わず朱陽の腕をぎゅっと握ってしまった。

「あじゅさ、いたい」

「あ、ご、ごめん」

梓はあわてて手を放し、掴んだ部分をさすってやった。

「ん――」

朱陽は首をかしげたが、腕を伸ばすと梓の頭をそっと撫でた。

「だいじょぶだいじょぶよー」

朱陽にも梓の不安がわかったらしい。小さな手が髪をかきまわす感触に、梓は微笑んだ。

「うん、大丈夫だよ、きっとね」

前方の窓に目をやると白い建物の群が見えてきた。梓が一八歳まで住み、今は母が一人で住む団地だ。

「あそこに梓のお母さんがいるよ」

子供たちは前を向き、行儀よく並んだ四角い建物を見つめた。

団地の入り口から階段をあがって二階へ。外廊下を歩いて奥から二つ手前が母親、羽鳥万里子(まりこ)の住む部屋だ。

梓はえび茶に塗られた金属製のドアの前で、一度深呼吸をした。

人差し指でインタフォンを押すと、部屋の中で間延び(まの)したピンポンが聞こえた。この時間に帰ることも伝えてある。だから部屋の中にいるはずだ……。

「はーい」

声と同時にドアが開けられた。もしかしたら台所で待ちかまえていたのかもしれない。

「おかえり、梓！」

母親の万里子は満面の笑みで出迎えてくれた。少し白いものの混じったショートヘア。着ている水色のハイネックセーターは梓が中学生くらいからずっと着ているもので毛玉だらけだ。デニムのジーンズにもいくつかつぎが当たっている。

梓はめざとく母親が履いている靴下が、高校生の時に自分が使っていたものであることを見てとった。

父が死んでから家計に余裕がなくなった羽鳥家では倹約節約が美徳とされ、万里子は率先して実行していた。梓には肩身の狭い思いをしないように流行(はや)りのものを買ってくれたが、自分のことは二の次だ。

もちろん、保険の営業という職業柄、きちんとしたスーツは買うことはあったが、家で着るものや、おしゃれ着などはほとんど買わなかった。買っても格安衣料品店で何時間も悩む。古着屋で買った服をうまくリメイクして使うこともあった。

この母に孝行(こうこう)したくて、正社員になりたいと神社で祈り、二四時間子育てという職を得たのだと思うと感慨深い。

万里子は、梓の足下に並んでいる四人の子供たちに目を丸くした。

「えっ、ちょっと梓、どうしちゃったの、この子たち……」

笑顔がたちまちとまどいに変わる。

「お母さん、明けましておめでとう！」

母親が疑問を口にする前に、梓が早口で挨拶すると、子供たちもいっせいに声を張り上げた。

「あけましてー！　おめでとうごじゃいましゅ！」

「あ、はい、おめでとう……って、え？　梓、この子たちなんなの？　まさかあんた」

母親はさっと狭い玄関に降りて外廊下を見回す。そこに紅玉と翡翠を姿を見つけたが、目当てのものではなかったらしく、さらにその向こうに目をやった。

「お嫁さんはどこなの、梓」

きっと睨みつけられ、梓は思わず天を仰ぐ。それは聞いてほしくなかった。

「説明するから部屋にいれてもらえないかな、お母さん」

「あ、そ、そうね。やだ、あんた。お友達連れてくるならそう言ってよ。お雑煮(ぞうに)しかないわよ？」

「梓ちゃん、俺たち外にいようか？　このへんぶらぶらしとるよ？」

紅玉が気を使ってくれる。たしかに三ＤＫの狭い部屋に大人が四人に子供が四人では窮屈だろう。しかし、翡翠はともかく紅玉がいなくなると心もとない。

「いえ、大丈夫です。紅玉さんたちのこともご紹介したいのでどうぞ一緒に」

梓は先に玄関にあがると、子供たちに「おくつぬいでね」と声をかけた。

子供たちは梓の緊張が移っているのか神妙な顔で靴を脱ぎ、一人ずつ部屋にあがった。

「あらーまあー」

狭い台所からすぐにこたつのある居間になる。そこにぞろぞろと入ってきた人数に、万里子は片手を頬に当てて珍しいものを見るような顔をした。

「かわいらしいわねえ、みんないくつ？」

「えっと、まだ一年たってないんだけど」

子供たちをこたつに座らせる。子供たちは二人ずつ、布団をめくってこたつの中に入った。紅玉と翡翠はすかさず子供たちにウエットティッシュを配り、手を拭かせる。

「なにを言ってるのよ、梓。どう見たってみっつかよっつくらいじゃない」

「ああ、うん。見た目はね」

今までそんな質問があったときにはとりあえずみっつと答えていた。だが……。

「あのね、お母さん。この子たちのことも含めて話したいことがあるんだけど」

「やだ。なにか怖い話じゃないでしょうね」

万里子は笑いながら言ったが目はそれを裏切っている。子供たちの後ろで畏まっている紅玉と翡翠にも警戒しているらしい。

「とりあえず座って、お母さん」

母親はまだ立ったままだった。いつでも逃げ出す準備をしているようにも見える。

梓は先にこたつに腰を下ろし、母親を見上げた。

「お母さんが突っ立ったままじゃ話せないよ」

万里子はそわそわと両手を擦り合わせる。

「いや、いいから」

「でも小さい子たち、のどが乾いてない？　カルピスしかないけど……」

「かるぴしゅ!?」

蒼矢が顔を上げて笑った。

「おれ、かるぴしゅだいしゅき！」

「あーちゃんもしゅき！」

万里子は「ほら」というような顔をして息子を見る。仕方なく梓は立ち上がった。

「じゃあ俺が用意するから……お母さんは座ってて」

「なに言ってるのよ、あたしがやるわよ」

「じゃあ一緒にするよ」

梓は母親と一緒に狭い台所に入った。母親が冷蔵庫からカルピスのボトルを取り出す。

梓は食器棚からグラスを出したが、四つ揃いのものはなかったので、いろいろな大きさのグラスになってしまった。

「あ、」

奥の方に、自分が子供の頃使っていたグラスがあった。未来から来た猫型ロボットの絵のついたグラスだ。

懐かしくなって手に取っていると、母親が手元を覗き込んだ。

「ああ、それ。見るたびに捨てようと思ってたんだけど、あんたが子供のとき大好きだったからなかなか処分できなくて」

梓はそのグラスも流しの上に置いた。

「俺はこれでいいや」

「大人のお二人さんにはお茶の方がいい？　グラスもないし」

「そうだね」

「寒いから氷はいらない？」

「そうだね」

万里子はグラスの大きさにあわせて慎重にカルピスの原液の量を調整する。梓はそれに水道の水を入れた。

福井市の水道水は九頭竜川の水を取り入れたおいしい水なので、これなら翡翠も文句はないだろう。

　梓がカルピスを、母親が茶葉をいれた急須と湯飲みを運んで居間に戻った。こたつでは玄輝は当然ながら、蒼矢も眠ってしまっている。福井駅で興奮した疲れが出たのかもしれない。

「あらー」

　まるで猫の子が眠っているように、互いに腕を回して頬を寄せた無邪気な寝顔。万里子の顔が柔らかくとろけた。

「かわいいわねえ」

「蒼矢、カルピスだよ」

　声をかけるが目を覚まさない。母親は微笑んで首を横に振った。

「寝かせておきなさいよ。子供は寝るのも仕事だから」

　ようやく母親はこたつに入ってくれた。電気ポットで急須にお湯を入れ、自分の分と、紅玉、翡翠とお茶を注ぐ。

「どうぞ」

「すんません」

「ありがとうございます」

　紅玉も翡翠も今日はおとなしい。おそらく心配しているのだろう。このことのために梓と母親の仲がどうなるか、彼らにも予測がつかないのだ。

　起きている朱陽と白花が額をくっつけあってこしょこしょと内緒話をしている。やがて何らかの結論が出たのか、二人して万里子を見上げた。

「あのねー、あーちゃんよ」

「しらぁな……でしゅ」

　女の子たちがりんごのほっぺで挨拶した。万里子はにっこりして「こんにちは」と返す。

「あのねー、あのねー、あじゅさのままなの？」

「そうよ、梓のママよ、初めまして」

　朱陽と白花はうふふとくすぐったそうに笑う。

「あのねー、あーちゃんねー、あじめましてなの……おばあちゃん！」

「え？」

「おばあちゃん、……はじめまして」

　白花もペコリとおかっぱ頭をさげる。

「やだ、おばあちゃんてそんな年じゃないわよお」

　万里子は笑っているが、唇の端がこわばっている。朱陽はそんな彼女に不思議そうな顔をする。

「あじゅさのママ、おばあちゃんってゆってたよ？　おばあちゃんじゃないの？」

　万里子は息子に鋭い目を向ける。梓はさっと顔をそむけた。

「あたしのこと、おばあちゃんって言ったの？　梓」

「そのことも……今から説明するから。とりあえずお茶をいただこうよ」

「もう……っ」

万里子はふくれっ面をした。だが、朱陽と白花に向かっては穏やかな笑みを浮かべる。

「カルピス召し上がれ。えっと、あーちゃんとしーちゃん？」

「朱陽と白花だよ。こっちの寝ているのは蒼矢と玄輝」

梓が名前を教えると、万里子はうなずき、「朱陽ちゃん、白花ちゃん、蒼矢ちゃん、玄輝ちゃん」と繰り返した。

「じゃあ、みんなでいただきましょう」

万里子の声に全員が同時にグラスや湯飲みに手を伸ばし、揃って口をつけた。まるでなにかの儀式のようだ。

「えっと、それでお母さん……」

梓が話そうとしたとたん、万里子は片手を突き出し「待って！」と叫んだ。

「ほんとに怖いことじゃないの？　なにか巻き込まれたとか、しでかしたとか、足を突っ込んじゃったとか……」

物騒な動詞ばかりが並べられた。さすがに梓は笑ってしまう。

「いや、そんなんじゃないよ」

「ほんとに？」

「ほんとに」

万里子は両手で持った湯飲みを口に近づけ、二度ほど表面を吹いてから、結局こたつの上に戻した。

「わかったわ。じゃあ話して。この子たち、なんなの？　あんたの……子供？」

梓は大きく息を吸うと、次には吐ききって、そして言った。

「実はこの子たち、人じゃないんだ」

「はい？」

万里子が頭から抜けるような甲高い声をあげた。

「ちょっと梓ちゃん！」

「おい、羽鳥梓！」

紅玉と翡翠もあわてた様子で声をあげた。

「言い方ってもんが」

「いきなりそんなことを……っ」

だが梓はそのまま続ける。

「この国の東西南北を守る神さまの子供なんだ。俺は去年の二月にタカマガハラのアマテラスさまに出会って、この子たちの仮親として雇われたんだよ」

「梓――」

母親の顔が笑みを浮かべたまま固まる。

しん、とこたつの上にしらじらとした沈黙が降りた。

「あのね、」

言葉を発したのは万里子だった。

「あたしは宗教の自由は認めているわ。お客さんにもそりゃあ変わったものを信じている人がいたもの。でもそれを押しつけちゃいけないのよ」

「え？」

なんの話が始まった？　と梓は母親の顔を見る。

「特におかしなカルト宗教はごめんよ。そんなものに出すお金だってないわ。壺とか神棚とかも間に合ってんの。梓、目を覚まして」

「いや、お母さん、これはカルト宗教とかじゃなくてほんとにね……」

万里子は梓の後ろに控えていた紅玉と翡翠に攻撃的な視線を向けた。

「うちの息子は子供の頃から優しい子だったけど、そういう断りづらい性格を利用しておかしなものに勧誘されるのは困るんです！　優柔不断なところもあるしビビリだし人見知りで社交性もないけど、人様に迷惑をかけたことだけはないんです、そんな子をだまくらかすなんて……」

「ちょっとお母さんやめて、心がえぐられる」

漫画ならドスドスと言葉のナイフが刺さっているところだ。

「だまってなさい！　こういうのはしっかり言わないと！」

「梓ちゃーん、これは……どうしよう」

紅玉が救いを求める目を向ける。

「羽鳥梓、おまえのプレゼンは根本から間違っている」

翡翠が苦虫(にがむし)を噛み潰して飲み込んだような顔をしている。

「仕方がない……お母さん、俺のいうことが本当だって今証明するから」

梓は子供たちに顔を向けた。朱陽と白花がこちらを向く。蒼矢と玄輝も騒がしさにねぼけ顔で起きあがってきた。

「みんな、四獣戦隊オーガミオー発進だ！」

その言葉に子供たちの顔が輝いた。逆に顔色をなくしたのは精霊二人。

「おーがみおー！」

「へんちんしていいの？」

「おへやのなか……だよ？」

「……！」

梓はうなずいた。

「いいよ、変身して、お母さんにかっこいいところ見せてあげて」

「あいあーい！」

そう叫んだ子供たちの体が一瞬白く発光し——

狭い居間の中に赤い鳥と青い龍と白い虎と黒い亀が出現した。

「……」

万里子はパクパクと口を開け、梓と変身した子供たちに交互に目をやる。

「これが子供たちの本当の姿だよ、お母さん。信じてくれた？」

「……」

万里子はすうっと息を吸い、

「うちはペット禁止」

それだけ言ってバタリと仰向けに倒れてしまった。

二

「やりかたが極端なのだ！」

翡翠が梓に怒鳴ってる。

「信じてもらえないからといっていきなり子供たちを変身させるやつがいるか!?」

「……面倒くさくなって」

こたつに入っている梓は正面から怒鳴られて首をすくめた。

母親は額に濡れタオルを置かれて今は寝室で横になっている。子供たちは変身を解いてこたつの周りでごろごろしていた。

「梓ちゃんて普段は気ィつかいィなのに、お母さん相手だとけっこう適当なんやね」

紅玉が湯飲み茶碗を抱えて苦笑する。

「すみません、どう説明したって聞いてもらえなさそうだと思って」

「それはいいけど、どうすんのこのあと。お母さん目を覚ましたらやっぱり怖がるんじゃないの？」

紅玉の言葉に、梓はやる気がなさそうに、あごをこたつの板の上に載せた。

「逃げましょうか」

「キャラが変わっているぞ、羽鳥梓」

「親にはこんなものですよ、子供って」

投げやりな様子の梓に翡翠は目をむく。

「母親に真実を告げて理解してもらうのが本筋だろう」

「無理な気がしてきました」

「あきらめたらそこで試合終了やで」

　紅玉が有名マンガのせりふを使う。両手をこたつの中にいれたまま、梓は顔を板の上で横にした。

「どうせ俺は優柔不断でビビリで人見知りで社交性がない人間なんです」

「お母さんのアレ、気にしてるんや」

　紅玉が苦笑する。梓はようやく顔をあげて、天井にため息を吹き上げた。

「薄々そうだと思ってたけど、母親にバレてるとは思っていませんでした」

「さすがにお母さんやね」

「いつまで漫才を続けてるんだ！」

　翡翠がこたつ板を叩く。

「実はつっこみ待ちでした」

　梓が答えたとき、襖が開いた。寝室で寝ていた母親が部屋の外で立っている。

「夢、じゃないのね」

　子供たちに目をやって、万里子はへたへたとしゃがみこんだ。

「お母さん！」

「大丈夫ですか」

梓と紅玉が駆け寄り、母親の体を支える。

「……大丈夫よ、一応心の整理はしたから」

万里子はこたつに入ると背中をしゃん、と伸ばして横に座った息子を見つめた。

「じゃあ、最初から話してちょうだい」

部屋の中には万里子と梓、それに紅玉だけがいた。子供たちは翡翠に連れられて外へ出ている。

団地の中には子供用の遊具のある小さな公園もあり、そこに遊びに行っているのだ。

話が長くなると子供たちが飽きてしまうだろうと、翡翠が気を利かせてくれた。

梓は池袋のさくら神社にお参りに行ってから、アマテラスに見初められタカマガハラに行き卵を預かったこと。子供たちが卵から孵り、いろいろ迷ったけど親になる決心をしたことなどを話した。

そこまで話しを聞いて、万里子は「はあああ」と長いため息をついた。

「それじゃあ、そこのお兄さんも神さまなの？」

「僕は火の精霊です。戦争が起こる前までは大阪で火伏の神もやってましたけど」

紅玉は手のひらの上に小さな火を出して、それを握り込んだ。

「一緒に来ている翡翠は水の精。もとは山奥の泉に生じたものです」

「信じられないけど本当なのね……」

万里子はこめかみを人差し指で押す。

「さすがにあたしだってアマテラスさまって名前は知っているわ。でも、そんな大層な神さまが池袋とかそのへんにひょいひょいいるものなの？」

「それは……」

梓も常々思っていたことだし未だに慣れない。

「アマテラスさまはさくら神社の近くにある和菓子屋のどら焼きがお好きなんです。ちゃんとお金を払って買ってらっしゃいますよ」

紅玉がにこやかに、しかしさらに混乱するような情報を追加する。

「それにしたって」

「神さまは意外に身近なところにいるもんなんですよ」

万里子はその言葉に思わず、といったふうに背後を見る。いや、そんなところにはさすがにいない、と梓は胸の中でつっこんだ。

「それであんたはそのアマテラスさまに雇われて月給二四万で就職したってわけ？」

母親の声の調子ではあまり喜んでくれているわけではなさそうだ。

「まあ、そうなんだけど」

「四人の子供を預かって二四時間フルで二四万円？」

　案の定、万里子は眉をひそめる。

「安すぎない？」

　おっと、一番言われたくないことを。

「ええっと……」

「やっていけるの？」

　確かに以前、家電の買い過ぎで赤字になったことがあるが。

「あの、お米をもらったり浄化された水をもらったり――ボーナスもちょくちょくもらってるし、大丈夫だよ」

　梓は紅玉に目でフォローを求めるが、火の精は視線を合わせてくれなかった。

「卵の時点で二四万なんでしょう？　子供たちもこれから大きくなるんじゃない。そもそも一年たってないのにもうみっつつくらいなんだから、絶対足りないわよ。四人いるのよ？あんた貯金あるの？」

　心配と不安と不満が混じった声で万里子が続ける。

「それは……」

　梓は預金通帳を頭に浮かべる。

　――ないけど。

「この先大きくなれば幼稚園通ったり学校行ったりするのよ？　学資保険とかも考えてる？　あたしは法人向けの保険しか扱ってないけど、個人保険も紹介するわよ。今はけっこういいのがでているから。あ、というか神さまの子供って学校に行けるのかしら」

息継ぎもせず万里子が言葉を並べる。

「あの……、お母さん……」

「神さまなんて浮世離れしてるんだから絶対世情のことわかってないわよ、お金足りないって。お母さんちょっと言ってあげようか？　だてに何年も保険の営業やってないわよ。ねえ、あなたどう思います？」

急に自分の方を向かれた紅玉は目を丸くして、ごくりと息を飲んだ。

「——い、いやいや、お母さん。わかりました、僕の方からこの件は持ち帰らせていただいて上としっかり検討させていただきますので」

紅玉から関西弁が消えている。そこそこつきあってきていて彼がこういう口調になるときはかなり焦(あせ)っているときだと梓にはわかった。

「そうですか？　だったらまあ……」

言いかけてはっと万里子は顔をあげた。

「梓、あんた……その仕事って危険なんじゃないの!?」

「え？」

「普通の仕事じゃないもの！　いままで危険な目に遭ったことないの？」

それはある。子供たちを狙う魔縁に襲われたこともあれば、召喚されて過去にいったこともあるし、魔物や妖怪に襲われたこともある。しかし、

「別に……ないよ」

それを母親に言うつもりはなかった。

「そうなの？」

見返してくる顔は信じてない顔だ。自分の様子に嘘を疑われたろうか？　子供の時から母親に嘘が通じたことはなかった。

目をそらす梓に母親がこたつの上に身を乗り出す。

「やっぱりあるのね、危険なこと……」

「そ、そんなしょっちゅうあるわけじゃないよ」

梓はこわばった笑みを浮かべた。紅玉もきっと同じ顔をしているだろう。

「労災なんかないんでしょう？　子育てには！」

「いいことだってやまほどあるよ！　俺は子供たちの笑顔に毎日力をもらっているし」

「そういうの、やりがい搾取っていうのよ！　信じられない。ブラックじゃない、神さまなのに真っ黒よ！」

「お父さんにだって会ったんだよ！」

思わず叫んだ言葉に母親が瞬きを止めた。

「どういうこと……？」

「花見に行ったじゃない、まだお父さんが元気だったとき」

母親は目線を上に向けた。記憶を手繰（たぐ）っているらしい。

「そのときに……過去に、時間を戻って会ったんだ。まだ若いお父さん……若いお母さんもいたよ、子供の俺もいた」

「お父さんに――」

梓の目の中に舞い散る桜の花びらが見えた。あのときの若い父親の穏やかな笑顔を覚えている。

「お父さんになぜ梓って名前をつけたのか聞いたんだ。そうしたら梓の木はしなやかで丈夫だからって。どんな風や嵐にあっても、へこたれずにまっすぐ育ってほしいって教えてくれた」

「……」

万里子の表情が動く。

「俺、お父さんに大学を卒業して就職したって話した」

ずっと伝えたかったこと。立派に育って大人になったと。育った自分を見ることなく死んでしまった父親に。

「ちょっと待って、それって」

　万里子はもう一度こめかみに強く指を押し当てた。

「思い出した……そう、足羽山公園に花見に行って……そしたらそこで知らない男の子に梓の名前の話をしたわ」

　声のトーンが一段さがり、思い出を語るようにゆっくりになった。

「あたしだって名前の由来知らなかったからよく覚えてる……」

「それ、俺だよ」

　梓は大きく息をついた。

「……うそ」

「俺は子供だったから全然覚えていなかった。でも確かに今の俺があそこへ行って父さんと話をしたんだ……俺、嬉しかったよ」

　胸がいっぱいになって、言葉がでなかった。もっともっと話したいことがあったはずなのに。


……俺、大学卒業したんです！

……それはおめでとう。

……就職もしたんです。

……よかったじゃないか。

……お、俺、がんばってます。がんばっているんです！

……そうなんだ……立派だね……。

はらはらと桜が父親の顔に降る。その花影で、父の笑顔が霞んで見える。小さな声が梓に呼びかけてくれた。

……よかったね……えらかったね……あずさ……。


「お父さんに……ほめてもらったんだ。おめでとうって、えらかったねって言ってもらえた」

万里子は下を向いた。毛玉だらけのセーターの肩が震えている。

「……お父さん、元気だった？」

「うん……とても優しかった」

「そう……そんないいこともあるのね」

母親の腕が動いて手が目の下を擦った。

「子供たちと過ごしていると、いつも不思議なことが起こるんだ。それはみんなが神さまの子供とかじゃなくて、子供たち自身が奇跡みたいなものだからだと思う……」

万里子は赤い目を上げて梓を見つめた。

「普通の子育てとは違うけど、俺はあの子たちをいい子に……良い心を持った子供に育てたい。大人の言うことを聞くいい子って意味じゃなくて、自分も周りも思いやれるような、そんな子に。だからお母さんにも応援してもらいたいんだ、おばあちゃんとして」

「……おばあちゃん」

ぴく、と万里子の眉がはねた。

「あ、いや、万里子さんはおばあちゃんと呼ぶには若すぎるいうことはわかっとります、あくまでたとえで。梓ちゃんの母親、という意味のおばあちゃんで」

紅玉があわててフォローする。

「いきなりおばあちゃん、言われたらそらびっくりされますよね」

「……まあ、おばあちゃんと言われてもいい年ですけどね」

万里子はふうっと肩の力を抜いた。

「それにしても梓、あんた……なんだか変わったわね」

「え、そ、そう？」

万里子はゆるく首を振り、眉を下げて笑った。

「そうよ。前は自分の考えなんかあんまり話さなかったでしょう？　自分のしたいことだってすぐ口ごもってはっきりしなくて。なのに今はそんな立派なことを」

「……口に出して言わないと伝わらないっていうのは子供たちのおかげでわかったかな」

梓は苦笑した。確かに子供のときも大学に入っても、自分の意見を主張したり、進んで実行したりしなかった。周りに合わせて波風立てずに過ごしてきた。

「前はなんにでも自信なさそうだったし、流されやすい感じだったのに」

母親は遠慮がない。だが、そのままでは子供たちは守れない。

「親になったからかな。お母さんの真似をしてるんだよ」

「あら」

「俺の親の手本はお母さんしかいないから」

「……あら」

万里子の目がまた潤む。

「お父さんに今の梓も見せてあげたいわね」

くすん、と鼻をすすると万里子はショートの髪をさっと手で払った。

「お給料のことや保険のことはあとでそちらの火の精さんともう一度話すわ。それより子供たちを迎えに行きましょう。冬はすぐに日が暮れるからね」

母親はそう言って立ち上がった。梓が紅玉を見ると、火の精は母親の真似をしているのか、こめかみを指でぐりぐりと押していた。

三

団地の階段を下りて外にでると、子供たちの声が聞こえてきた。

万里子が目をやると、滑り台とジャングルジムが合体したようなカラフルな遊具に何人もの子供たちがとりついている。

梓が子供の頃は団地にはこんな遊具はなかった。当時は小さな滑り台とブランコくらいだったが、今は砂場もプラスチック製の土管も置いてある。ただ、子供の数は昔より少ないような気がした。

滑り台の上にいた蒼矢がめざとく梓を見つけた。

「あじゅさー！」

叫ぶと勢いよく滑り降り、両手をあげてこちらに駆けてくる。

「あじゅさ！」

砂場にいた白花も走ってきた。朱陽は玄輝を抱いている翡翠の服をひっぱって、向かってくる。

「おはなしおわったの？」

「あじゅさー、げんちゃんまたねちゃったー」

「あじゅさ、あそぼう……」

梓を取り巻いて子供たちがいっせいにおしゃべりする。小鳥のさえずりのような声を梓は聞き取っているのか一人一人に返事をしていた。

そんな様子を少し離れたところで、万里子は紅玉と見つめていた。

「……子供たち、梓にずいぶんとなついているのね」

「ええ。子供たちは梓ちゃんが大好きなんです。梓ちゃんも仮親としてしっかり務めを果たしています」

「そうなの……」

梓が白花を抱き上げると、自分も、と朱陽と蒼矢が手を伸ばす。梓は二人になにか言うと、しゃがみこんで次は蒼矢を抱き上げた。

「明けましておめでとうございます、羽鳥さん」

団地の顔見知りの主婦が声をかけてくる。初詣に行っていたのか、破魔矢を抱えていた。

「明けましておめでとうございます」

万里子は挨拶を返した。主婦は背後を見て愛想のいい笑顔で言った。

「あれ、梓くんでしょう？　しばらく見なかったけど、立派になったわね。結婚したの？」

「え、ええっと……」

幼い子供と一緒にいるからそう思ったのだろう。なんて返事をすればいいかと迷い、万里子は曖昧(あいまい)な笑みを浮かべた。

「あの子たちお孫さん？　四人もいてにぎやかでいいわねえ」

主婦はそう言って笑うと去って行った。万里子はぼんやりとした顔で遊んでいる梓と子供たちを見る。

「孫、ねえ……やっぱり実感わかないわね」

万里子は紅玉に目をやった。紅玉は眉を下げて同意の意志を目に込め、うなずいた。

「それは当然ですよねえ。いきなり知らん子供を四人も連れてこられたんやから」

「神さまには申し訳ないけど、あたしにはやっぱりあの子がそんな重要なお仕事を任されるようには思えないわ……梓がお祈りしたところにたまたまアマテラスさまがいらっしゃったんでしょう？　だったら他の人でも……」

「まさか。そんな単純な理由で大事な卵を預けたりしませんて」

紅玉は笑いながら言った。

「梓ちゃんは選ばれるべくして選ばれ、そして、あの子たちは梓ちゃんをずっと待っとったんですよ」

えっと万里子は目を見開いた。

「あの子たちは何百年も卵のままで過ごしてました。梓ちゃんが仮親になって……一時は梓ちゃんも親になることを辞退しようとしたんです。でも、子供たちに恥ずかしくない人間でいようと決めたとき、あの子たちは生まれてきてくれたんです」

「生まれてきてくれた……」

「そのあとも何度もつまずいたり迷ったりしました。でもそのたびに梓ちゃんは成長して子供たちに応えてきたんです。梓ちゃんは立派な親です。それはずっと自分を育ててくれたお母さんを見ていたからやと思いますわ」

「そんな……あたしは……仕事ばっかりであの子に寂しい思いをさせていたわ」

万里子は驚いたように首を振る。

「梓ちゃん、初めてホットケーキを作ったときもお母さんの味じゃないって悩んでましたよ。お味噌汁や煮物もなかなかお母さんのようにならないってこぼしてました。給食で食べられないものがでて、それを持って帰らされたとき、お母さんが怒ってくれてうれしかったって話も聞きました」

日が落ち始めて西の空が赤く染まっている。行儀よく並んだ白い団地の壁も、ほんのりと優しく色づいていた。

そんな中、子供たちと遊んでいる息子の姿は黒い影となっている。表情は見えなくても、楽しそうなシルエットだ。万里子はじっとその風景を見つめた。

「さっき梓ちゃん自身言うてましたけど、梓ちゃんの中にある親のイメージはきっとお母さんなんですよ」

「あたし、手本になるような親じゃなかったわ」

「梓ちゃんはええ子ですよ。お母さんがそう育てたんです」

その言葉に母親は泣き笑いのような顔を見せた。

「それって親には一番のほめ言葉ね……」


梓が子供たちや翡翠と万里子のそばに戻ってきた。蒼矢と朱陽は左右から梓の手を握り、白花は玄輝を抱いた翡翠と一緒にいる。

「梓、みんなで一緒に部屋に戻んなさい。ご飯にするから」

「大変じゃない？　外食でいいよ」

「せっかく来たんだからあたしのご飯を食べていきなさいよ」

梓はその言葉に顔をほころばせる。

「久々にお母さんのカブのシチュー食べたいな」

「じゃあスーパーで材料を買ってくるわね」

「ではそれは私たちが買いに行きましょう」

翡翠が胸に手を当てて申し出る。

「あら、いいわよ。お客さんに……」

「なんの。ご母堂は羽鳥梓……梓くんとしばし懇談されるといい。我らはいわばおまけのおじゃま虫。どうぞ使い走りをさせてください」

そういうと、翡翠は胸に抱いていた玄輝を万里子に渡そうとした。

「え、ちょっと」

ためらいがちに万里子は眠っている玄輝を受け取る。暖かく、少し湿った体温が万里子の腕の中におさまった。玄輝は無意識にか頬を万里子の胸にこすりつけた。

子供の重みってどうして丸く感じるんだろうと万里子は不思議に思う。

「すんませんお母さん。言葉がいちいち大げさなんやけど、こいつなりに気を遣っとるんです。お母さんにも子供たちとちょっと話してみてほしい、というつもりなんですよ」

紅玉の言葉に万里子は玄輝を抱き直し、足下に並んでいる子供たちを見た。子供たちもにこにこと見返す。

「そう？　だったらお言葉に甘えようかしら」

翡翠と紅玉はカブのシチューに入れるものを聞き取ると、「いってきます」とエコバックをぶらさげて団地を出て行った。

「いい人たちね。きさくで神さまとは思えないくらい親しみやすくて」

「紅玉さんはずっと大阪の商店街近くの神社に祀られていたから庶民的なんだ。翡翠さんも村の人たちに大切にされた泉の精だから」

「ほんとに神さまってご近所にいるのねえ」

　そのとき、眠っていたはずの玄輝が急に身をよじりだした。

「あらあらあら」

　魚がはねるような勢いに、母親はお手玉のような格好になった。

「ちょっと、どうしちゃったの」

　玄輝は自分が万里子の腕の中にいたことに少し驚いた顔をした。だが、すぐに顔を団地の方に向けて、ふくふくとした丸い指を一室に向ける。

「え？」

　見上げる窓から細く薄く煙が出ていた。

「なに、あれ」

　煙草の煙より濃く、はっきりとしていた。切れ目なくベランダから流れてくる。

「あれって」

　ベランダの窓が開き、子供が一人出てきた。五つくらいだろうか、顔を歪めベランダのさくにしがみつく。その子の様子に梓が顔色を変えた。

「なんかおかしい。お母さん、あの子知ってる？」

「秋田さんちのタツキちゃんだわ」

「……かじ」

窓をじっと見上げていた玄輝が呟いた。

「玄輝、今なんて言った？」

「か、じ」

今度ははっきり言う。煙の色が少し黒くなってきた。

梓は周りを見回した。遊んでいる子供たちや通りを行き交う大人たち、誰も気づいていている様子はない。

「大変だ。お母さん、消防呼んで！　俺、スマホ部屋に置いてきた！」

「で、でも煙が出ているだけじゃない、別のなにかかも……」

「――朱陽」

梓はしゃがんで朱陽の肩に手を置いた。

「わかるかい？　あの部屋。火がついてる？」

朱陽はぎゅっと眉を寄せ、窓を睨みつける。

「うん、わかる。おこたのふとん、ひぃついてる」

「消せる？　朱陽」

「なに言ってるの、梓!?」

息子がなにを言い出したかと万里子は驚いた。

「朱陽は朱雀、火の鳥だ。火を扱うことなら誰にも負けない」

母親を振り向いた梓は、もう一度朱陽の肩を掴んだ。

「火を消せる？」

「――うん」

朱陽は両手を胸の前に広げた。手と手の間に見えない炎があるかのように真剣な顔で見つめる。

朱陽は火をつけることは得意だが、消すのはまだ上手ではない。しかし、

「こーちゃんとれんしゅーした」

朱陽はそう言うと少しずつ手の幅を縮めてゆく。

梓は窓を見上げた。いまや煙ははっきりとしている。ベランダにうずくまっているタツキちゃんが咳をし出した。

「お母さん！　連絡！」

「わ、わかったわ！」

万里子は抱いていた玄輝を下ろした。急いでポケットからスマホを出し、震える指でタップする。

「もしもしっ！　火事です、団地で！」

画面に向かって噛みつくように叫ぶ。

「――うん、……えいっ」

その足下にいた朱陽が、ぎゅうっと両手を合わせて握りしめる。

「きえた！」

だがまだ煙は流れている。しゃがんでいたタツキちゃんが立ち上がり、ベランダから身を乗り出そうとした。

「だめだ、タツキちゃん、じっとしてて！」

見ていた梓が叫ぶ。

「あぶない！」

小さな体が空中に飛び、母親が悲鳴をあげた。

「蒼矢！」

梓が叫ぶと同時に団地のそばに立っていた木がまるで背伸びをするかのように大きく伸び上がった。枝を広げ、葉が泡のように盛り上がり、その中にタツキちゃんを受け止める。

バキバキと枝の折れる音が響いた。

周囲で悲鳴があがった。

「子供が落ちたぞ！」

タツキちゃんは木の茂みから出てこない。木の枝がぐうっと下にさがった。それが見る間に凍りついてゆく。

「あれは……なに？　氷？」

「玄輝？」

梓の足に掴まった玄輝が手を伸ばしていた。

木の枝から透明な氷の滑り台が延びてきた。横になったタツキちゃんの体がその上を滑り降りてくる。

梓と万里子は到着地点に走った。

「タツキちゃん！」

ころりとタツキちゃんが地面に転がる。氷の滑り台が橋からパラパラと細かくなって消えていった。

抱き上げると意識を失ってはいたが、怪我はかすり傷程度だった。

「よかった……」

万里子はほっとため息をついたが、はっと顔色を変えて梓を見た。

「梓！　タツキちゃんには弟がいたはずよ！　まだ赤ちゃんなの！」

「えっ！」

母親の声に梓は窓を見上げる。

「まさか、まだ中に」

そのとき、ベランダの手すりの上に白い縞柄(しまがら)の猫が現れた。長い尻尾でぱしりと手すりの上を叩く。

「白花だ！　いつの間に」

（おとうとちゃん……ぶじ……）

白花の念話が梓に届いた。

（げんかんの……どあ、あけて）

梓は母親を振り向くと、タツキちゃんを預けた。団地の他の人たちも走ってくる。

「弟くんは無事なようだよ、俺、行ってくる」

「え、ええ」

走っていく梓を見送る万里子の耳に、消防車のサイレンの音が聞こえてきた。

消防車が団地についたときには、梓はタツキくんの弟を抱いて下に降りてきていた。駆け寄る救急隊員に子供を渡す。

「火事があった部屋の子です」

消防がタツキくんたちの部屋に踏み込むと煙が充満していたが、こたつ布団の火は消えていた。

タツキくんと弟が救急車に乗せられる。両親は外出していて留守だった。二人きりで留守番をしているうちに火をいじってしまったのだろう。

消防士と話をしていた梓が母親のもとへ戻ってきた。腕に白い猫を抱いている。丸い耳をした縞の猫だ。

「梓……その猫……」

「部屋で見たよね、白花だ」

猫は丸い目で万里子を見上げ、「にゃあ」と鳴く。

「白花が弟くんを玄関までくわえてひっぱってきてくれてた。だからそんなに煙は吸ってなかったと思うよ」

梓が猫を地面に下ろすと、くるりと回って人の姿に戻る。白花はぱんぱんと両手でスカートのすそを払った。

「えらかったね、白花。中にもう一人いたのわかったの？」

「うん……きこえたの」

白花は耳を押さえた。猫科の動物は聴力が優れている。タツキくんの弟の泣き声が聞こえたのだろう。

万里子はタツキくんを受け止めた木を見た。木はもう元の大きさに戻っている。その下がキラキラしているのは砕けた氷だ。

「すごいわね……さすが、神さまね」

母親はため息をつきながら言った。

「みんな、すごいわ。えらいわ、立派だわ！」

しゃがんで子供たちの頭を撫でる。子供たちは嬉しそうに、恥ずかしそうに笑った。

「あんねー、あーちゃんがひぃけしたのよ！」

「そうなの。すごいわ、あーちゃん」

「おれ、おれっ！　きできゃっちした！」

「そうね、みてたわ。すごいじゃないそーちゃん」

「しらぁな……おとうとちゃん、つれてきた……」

「うんうん、しーちゃんもえらかったわね」

玄輝はなにも言わなかったが、万里子はその丸い頭を何度も撫でた。

「梓も、すごいわ。こんな子供たちの親になっているなんて」

万里子の胸いっぱいに息子に対する誇らしさが湧いてきた。

「すごいのはみんなで、俺は……なにもしてないよ」

「いい子たちを育てたって言ってるのよ」

最高のほめ言葉に梓も照れくさげに笑った。

四

　スーパーから帰ってきた紅玉と翡翠は、団地でのボヤ騒ぎを聞いて褒めたり怒ったりした。

　褒められたのは子供たちで、怒られたのは梓だ。人前で子供たちの力を使わせるなどなにを考えている、と翡翠がくどくど説教する。

「まあ、そのくらいにしとき。とっさのことだったし、暗かったし、きっと誰も気づいてないと思うよ」

　紅玉が宥めてくれて、夕食が出来上がる頃、ようやく解放された。

　さすがにこたつに全員が入るわけにもいかず、紅玉と翡翠はダイニングのテーブルについた。万里子はさかんに恐縮していたが、紅玉が「ぼくらは足が長いから椅子がいいんです」とジョークに混ぜて返してくれた。

　そのせりふがちょっとかっこよかったので、こたつに入りきれないときは使ってみようと梓は心にメモをした。

「さあ、どうぞ」

あつあつのカブと豚肉のクリームシチュー。紅玉が気をきかせて買ってきてくれたコーンの入ったコロッケ。子供たちが大好きなエビのはいったマカロニサラダ。ありったけの食器とカトラリーを出して、こたつの上は満艦飾。

「いっただきまーす！」

子供たちはスプーンでシチューをよそってふうふうと息を吹きかけた。

「おいしー」

朱陽がほっぺたを押さえる。

「かぶ、とろとろー」

蒼矢はスプーンを握りしめ、お皿に口をつけてかっこんでいる。

「かぶのしちゅー……あじゅさもつくるよ」

白花が瞬く間に皿を空にした。

「うま」

玄輝もまだ寝ていない。

「梓がカブのシチューを作ってくれるの？」

万里子は白花の言葉に耳を止めた。

「うん……かぶ、だいしゅき。いっぱいたべるよ……しちゅーも、おみしょしるも、おしたしも」

もぐもぐごくん、とシチューを飲み込み、白花が答える。

「冬はかぶがおいしいわよね」

「しちゅー、ねー、あじゅさとおんなじねー」

朱陽がスプーンをくわえて言う。

「そりゃあそうだよ。梓のシチューはお母さんに教わったシチューだからね」

梓はあごまで白くしている朱陽の顔をぬぐってやった。

「あじゅさ、おかあさんにしちゅーならったの？」

「直接習ってはいないけど、よく食べていたから味は覚えているんだ」

梓はちょっと恥ずかしそうに万里子を見た。

「そうね、梓もかぶのクリームシチューが大好きで、しょっちゅう作ってって言ってたからねえ」

万里子は懐かしい景色を見るように、スープ皿を見つめた。

「じゃあ、あーちゃんもしちゅーつくったら、おばあちゃんのあじになるー？」

「なるかもね」

「じゃあねーじゃあねー、あーちゃんおばーちゃんにしちゅー、おせーてもらう」

「おれもー！　かぶのしちゅーだいしゅき！」

「しらぁなも……しゅき……」

「……っ！　……っ！」

自分を見つめてくる子供たちの目に万里子は嬉しそうにうなずいた。

「みんないい子ねえ。おばあちゃんのシチュー、そんなにおいしい？」

「おいちい!!」

万里子が自分から〝おばあちゃん〟と言った。あまりにも自然な口調なので、気づくのが一瞬遅れてしまう。

「お母さん……」

「なによ」

万里子は軽く口をとがらせ、照れた頬を片手でこすった。

「しょうがないじゃない、子供たちかわいいんだもの」

「……うん」

「あたしのかぶのシチュー、梓が好きで、子供たちも好きで、こんなに食べてくれるなんて嬉しいしかないわよ」

「そうやって味は伝わっていくんやね」

台所のダイニングテーブルに座っている紅玉が声をかける。

「お母さんの味が梓ちゃんの味になって、それがまた子供たちの味になるんや。そうやってずっと続いていくんやね」

「それが人の文化というものなんだろうな」

翡翠もシチューを口に運びながら言った。

「人の生は短いが、続いていけば神の存在さえ凌駕する」

「おまえはいつも大げさや」

紅玉に言われて翡翠は「むう」と黙り込んだ。

「で、お母さんはこのシチュー、やっぱりお母さんに教えてもらはったんですか?」

紅玉の質問に万里子は首を横に振った。

「だったらいい話だったんだけど、スーパーに置いてあった『かぶのおかず』ってチラシに載ってたのよ。牛乳とかぶさえあればすぐに作れるし、他には冷蔵庫のあまりものいれておきゃいいんだから、冬には便利なおかずよね」

「な、なるほど……」


その夜は梓は久々に母親と枕を並べて寝た。子供たちは居間のこたつを片づけてそこに布団を敷く。

紅玉と翡翠は「近所の神さまにご挨拶に行きますので」と部屋をあとにした。

電気を消した部屋の中に子供たちの寝息が満ちた頃、万里子は梓に声をかけた。

「梓……」

「うん？」

「子育て、どう？」

「……うん、大変。お母さんよくやってたなって思う」

「あたしのときは梓一人だったし」

「それでも働きながらだろ？　大変だったたって思うよ」

「あたしの方こそ、いつも一人にさせてて悪かったたって思ってるわ」

「そうだね……」

梓の脳裏には玄関のドアが思い浮かぶ。家の印象といえば閉まったドアだ。

「寂しいときもあったよ……。泣いたこともあった」

閉まったドアをずっと見ていた。お母さんがいつ帰ってくるかと。

「でも」

ノブが回り母親がドアを開けて顔を出す。

「お母さんがいつも笑顔で帰ってきてくれたから……いつも嬉しかったよ」

母親は答えなかった。ぐすん、と洟をすする音が小さく聞こえた。

梓は聞かなかったふりをして、目を閉じた。

翌日は母親の車で墓地に出かけた。父が眠っている場所だ。

正月そうそう墓参りに来る人もいないのか、墓までの道は雪に塞がれていた。

それを踏み分け踏み分け、父の墓前までやってきた。

「いしのおうちー」

朱陽がつるりとした御影石の墓を撫でて言った。

「ちゅめたーい」

「ここは梓のお父さん……みんなのおじいちゃんのお墓なの。お参りしてね」

母親はそういうと、花立てに花を生け、蝋燭と線香に火をともした。

「おはかー？」

「おじーちゃん、ここにいるの？」

梓はしゃがんで両手を合わせた。

「おじいちゃんのお骨……骨がここにおさめられているんだ。おじいちゃんはここにはいないけど、ここでお参りするとおじいちゃんとお話できるんだよ」

「おはなしー？」

「でもここ……だれもいない……」

子供たちは不思議そうな顔をした。鳥の声だけが聞こえる静かできれいな場所。

「会えなくなって寂しいときはここでお話するんだ。お返事は聞こえないけど、いろいろと思い出せる。そうしたらお話したような気持ちになれるんだよ」

「ふーん」

子供たちは梓と万里子のまねをして、しゃがんで手をあわせた。

「あじゅさ……さびしいってなに？」

白花が見上げてくる。

「そうだね、胸の中ががらっぽになってひとりぼっちになっちゃう感じかな。好きな人に会いたくてたまらなくなる気持ち」

「ん――ん？」

子供たちは首をひねる。まだ寂しいという気持ちが理解できないのだろう。いや、そんな気持ちはあってもそれを名付けることができないのだ。

「おじいちゃんに……ごあいさちゅ、する」

「こにちわー！」

朱陽が大声で手を振る。

「あーちゃんよー！」

「そーやだよ！」

「しらぁな……でしゅ」

「……げんき」

梓は子供たちの肩に両腕を回した。

「俺の子供たちだよ、お父さん」

父親ももう輪廻（りんね）の輪に乗ってどこかで新しい人生を始めているかもしれない。そうしたらまたいつか会えるだろう。

そのとき、その人の前で胸をはれるように、そんなふうに生きていければいい、と梓は頭（こうべ）を垂（た）れた。

終

墓参りのあとは紅玉たちと合流して、母親も誘って福井恐竜博物館へ行った。

一山すべてが博物館ではないかと思えるほどの広大な建物、天上まで続くかと思えるほどの未来感あふれたエスカレーターに乗った先は、恐竜の世界だった。

建物の中の実物大森林には、巨大なステゴザウルスが、トリケラトプスが、スピノザウルスが隠れ、空にはプテラノドンが飛び、そして王者ティラノザウルスが咆哮をあげる。

ロボットだけでなく、骨格標本も多数展示され、とても一日では見て回れない。

「もうここに棲みたい……」

翡翠は眼鏡を感動で曇らせ、動き回る恐竜ロボットをうっとりと見つめていた。

しかしそんなわけにもいかないので、肩が抜けるほどおみやげを買って博物館をあとにした。

「梓、これからもちょくちょく帰っておいでよ」

福井の駅で母親はそう言って見送ってくれた。

「ここは子供たちの田舎なんだからね」

「うん……！」

特急しらさぎの窓に顔を押しつけ子供たちは万里子に手を振った。

「おばーちゃーん！」

「ばいばーい、おばーちゃん！」

「おばあちゃん……またね……」

「……！」

「みんな、元気でね！」

ホームから電車が離れ、たちまち万里子の姿が小さくなる。それでも子供たちはずっと窓の外を見ていた。

「……あじゅさ」

珍しく朱陽が小さな声を出した。

「うん、なあに?」

「あのね、あーちゃんね、えっとね、えっとね……」

朱陽は首をかしげる。自分がなにを言いたいのかよくわからないようだ。

「えっとね、えっとね、あーちゃんね、きゅーってなる」

「きゅーって?」

「わかんないの、おばーちゃん……、あっ、おばーちゃんってゆったらきゅーってなる!」

朱陽の大きな目がキラキラと濡れている。涙が縁にひっかかっていた。

「朱陽は……おばあちゃんとばいばいして寂しいのかな?」

「さびしい?　これ、さびしい?」

「ずっとおばあちゃんといたかったの?」

朱陽は少し考え、それから首を何度も振った。

「うん、あーちゃんもっとおばーちゃんとおはなししたかったの」

「……そっか」

梓は朱陽を抱き上げて膝の上に載せた。朱陽は梓に胸に顔をぐりぐりと擦りつける。

「朱陽は〝寂しい〟を覚えちゃったね」

「あーちゃん、さびしいの？」

「好きな人と離れるとそうなっちゃうんだ」

「あけびはさびしーの？」

蒼矢がそんな朱陽に心配そうに言った。

「さびしくなったらおかはいく？　おかはでおはなししゅるとおへんじしてくれるでしょ？」

「残念だけど、そーちゃん。梓ちゃんのママはまだ生きてるからお墓には入れんのや」

「そうなの？　じゃあどうやっておはなしするの？」

「それはスマホやな」

蒼矢は目を輝かせた。

「スマホでおはなしできんの!?」

「生きてる人とはスマホでお話しする方が簡単やな」

期待を込めた目で見上げられ、梓はスマホを取り出した。母親の電話番号にかけると、すぐに応答があった。

「おばーちゃん！」

蒼矢が話しかける。母親の声が「はーい」と答えた。

「おばーちゃんだー」

朱陽も笑顔になった。

「おばーちゃんとおはなししていい⁉」

「いいよ」

子供たちはさっそくスマホを囲んでおしゃべりする。画面の奥から楽しそうな母親の声も聞こえた。

生きている人とはこうして話ができる。それはなんて幸福なことだろう。

子供たちや母親の嬉しそうな声を聞いて、梓は幸せな気持ちになった。

声はつながる。思いもつながる。

つながって結んで絆になる。

「帰って……よかったな」

窓に映る自分の顔が微笑んで、梓はその中に確かに父親の面影（おもかげ）を見た。

神子たち、タカマガハラでおつかいする

序

「お正月特番？」

紅玉が持ってきた話に梓は首をひねった。

そのとき梓は子供たちの靴下を繕っていた。四人もいればほぼ日替わりで穴があく。以前は魚の骨のような大きな縫い跡を作っていたが、今は縫い目も見えないほどに上達した。継続は力なり。

「そう。前に池袋で『はじめてのおつかい』を撮ったやろ？　あんな感じのをもう一度観たいってタカマガハラの方々が」

紅玉は両手をあわせた。

「おねがい、梓ちゃん。そんなわけで子供たちをタカマガハラに連れていかせて」

「ついこのあいだもタカマガハラに行ったじゃないですか。行ったっていうか拉致されたというか」

梓は呆れた声をだした。目線は靴下の穴だけに向いている。

「そうなんやけど、子供たちに会えなかったと文句いう神々が多いんや」

「おつかいってなにするんですか？　前みたいにお買い物ですか？」

「いや、場所はタカマガハラだからね。まあアマテラスさまに梓ちゃんからお手紙でも書いてもらって……」

「そんなおそれおおい。俺がアマテラスさまになにを書けばいいんですか。だいたい、お正月特番ってお正月に撮るんじゃなくて、年内に撮ってお正月に放送するってもんですよね？」

　梓はハサミで糸を切り、針を針山に戻した。

「そ、それはそうなんやけどー」

　紅玉がきゃしゃな肩をますます小さくする。

「ええい、うるさいぞ、羽鳥梓！　神々が観たいとおっしゃっているのだから言うとおりにしろ。むしろありがたがって涙をこぼす案件だぞ！」

「翡翠さんはただビデオが撮りたいだけなんでしょう？」

　梓は冷たい口調で言った。

「そ、そんなことは……」

　といいつつ翡翠は目をそらす。新しいハンディカメラを後ろ手に持っていることは知っている。

「まあ、タカマガハラなら池袋の交差点を渡るより安全だとは思いますが……」

「そうそう。タカマガハラには車はないし」

「でもタカマガハラってなにが起こるかわからないですからねえ。前にヘロデ王に襲われたときみたいに」

梓はからかう口調で言った。紅玉は大慌てで首と手を振る。

「あ、あんなことはもうないよ。あんなのは千年に一回あるかどうか」

「八百万(やおよろず)の神々が見守っているのだ、危険などない！」

そんなわけで梓は子供たちをタカマガハラに行かせることに同意した。子供たちの様子は家の居間にあるテレビで見られると言う。

「特番ってなにか台本があるんですか？」

「いや、子供たちの自然なリアクションが欲しいから台本はなしだ。おつかいの途中でいくつかの出会いがあり、最終的には……」

翡翠は口元を押さえて笑いをこらえる。嬉しくてたまらないという顔だ。

「ふっ、ふふ……」

「……紅玉さん、翡翠さんが気持ち悪いんですけど」

「翡翠が気持ち悪いのはデフォルトやろ」

梓と紅玉はひそひそと話した。

「この撮影にはクロサワやオヅ、ツブラヤやイシロウなど、世界に名だたる監督の助言を得ている……すばらしい番組になることはもう決まった！」

「最後のお二人の名前には不安しかないんですけど……」

　日本の誇る特撮映画の巨匠の名だ。梓は特に特撮映画に興味があったわけではないが、毎回翡翠が大騒ぎしてプレゼンをするので、円谷英二（つぶらやえいじ）や本多猪四郎（ほんだいしろう）の名前は覚えてしまった。

「撮影はあくまでホームビデオで撮るから、そんな大仰なことにはならんよ、安心して」

　紅玉のなだめる言葉も最新機器を抱いてうっとりしている翡翠のせいで、耳に入ってこない。

「ほんとにほんとに紅玉さん、頼みますよ。翡翠さんが暴走しないように見張っててくださいよ」

「こら、羽鳥梓。貴様は私をなんだと思っているのだ！」

　翌朝、梓は水筒とポシェットを用意して、子供たちを庭に連れ出した。子供たちは毛糸の帽子にお揃いのフリースのコートを着ている。

「みんな。これからタカマガハラにいくんだけど……」

「うん。でも、そのおつかいは梓も翡翠さんも紅玉さんも付いていけない。みんなだけで行くんだ……、できるかな？」

「おつかい？」

「うん、そうだね。でも今日はみんなにおつかいを頼みたいんだ」

子供たちは嬉しそうに飛び跳ねた。

「うさちゃん……あそんだ……！」

「こないだいったー！」

「タマガラハラ？」

心配そうに言う梓に、子供たちは顔を見合わせた。

「おつかい、どうすんの？」

「ケーキ、かうの？」

「ううん。タカマガハラのアマテラスさまにお手紙を届けてほしいんだ」

「おてまみー？」

梓は四角い封筒を出して見せた。この手紙は梓がアマテラスに向けて書いたものだ。

いったんは書くことなどない、と言ったが、子供たちのことを考えるとこの先どういう風に子供たちを育てていきたいか、今まで一年どんな思いで育ててきたのか、いろいろと思いがあふれて止まらなくなった。それで昨日の夜遅くまでかかって書き上げた。

「あじゅさのおてまみ、ねー」

朱陽は両手でふっくら膨れた手紙をはさんだ。

「あったかいねー、あじゅさのこえするねー」

「わかるの？　朱陽」

「わかりゅよ。あじゅさ、あーちゃんたちのこと、だいしゅきってゆってる」

くふふ、と朱陽は嬉しそうに笑った。梓は朱陽のはねっ毛の頭を撫でる。ほんとうはぎゅうっと抱きしめたかった。

「……これは朱陽のポシェットにいれておくからね。アマテラスさまにお会いしたらこのお手紙を差し上げてね」

「あーちゃん、ゆーびんやさんね！」

朱陽は封筒の入ったポシェットをぽん、と叩いた。

「そうだよ。みんな郵便屋さん。ちゃんと届けたらアマテラスさまにほめてもらえるよ」

「あいあーい」

「さしあげりゅー！」

またぴょんぴょん飛び跳ねはじめる子供たちの肩を押さえ、梓は真剣な顔を作った。

「自分たちだけで考えて動かなきゃいけないんだよ？　ほんとに大丈夫？」

「だーいじょうぶ！　こないだもおつかいいったもん！」

は、確かにいい経験になったようだ。

「水筒の中にはお水が入っているから、のどが渇いたら飲んでね。ポッケには飴ちゃんも入ってるよ。途中で困ったことが起きておうちに帰りたくなったらそう言えばすぐ帰れるからね。とにかく気をつけてね」

くどくどと念を押す梓の後ろで翡翠がいらいらしながら待っている。

「おい、まだか」

その翡翠に梓は噛みつくように言い返した。

「心配なんですよ、子供たちだけなんて」

「姿は見せないだけでちゃんと見守っているから安心して」

はあっと梓は大きなため息をつく。

「ほんとにみんな、困ったことがあったら助けてー、って大きな声で言うんだよ？　必ずだれか助けてくれるからね」

「あいあーい」

「だぁいじょーぶぅ！」

「あじゅさ……しんぱいしょう……」

「……！」

玄輝（げんき）がぐっと親指を立てる。梓はその指を握って子供たちの顔を見た。

「じゃあみんな、気をつけて。いってらっしゃい」

「よし、行くぞ」

翡翠がそう言ったとたん、子供たちと二人の精霊の姿が消えた。地面にまだ子供たちの影が残っている気がする。

梓はしばらくぼんやりと庭を見ていたが、すぐに我に返るとサンダルを放り出して家の中に飛び込んだ。

居間に飛び込みテレビをつける。すると画面の中に、森の中の子供たちの姿が映った。

神子たちはじめてのおつかいinタカマガハラ。

ライブ中継の始まりだった。

一

家の庭から突然知らない森の中に連れていかれた子供たちはとまどった。本当に自分たちだけだ。連れてきてくれたはずの翡翠も紅玉もいない。

「あれえ？」

梓はアマテラスさまにお手紙を届けるようにと言ったが、そのアマテラスさまがどこにいるのかわからない。

「どうちよう」

「みんないないなー」

「アマテラスさま……どこ？」

朱陽と蒼矢と白花（しらはな）の視線が自然と玄輝に向く。

「げんちゃん、どうしよう」

いつも寝てばかりいる玄輝だが、今日はちゃんと起きて森の奥をじっと見つめている。

「……だれかにきく」

「だれかって？」

「むこうに」

玄輝が指さす方は木が茂り、薄暗い。

「あっちにだれかいるの？」

朱陽はつま先立って見たが、背の高い草にはばまれて覗き見ることができない。

「いこ」

玄輝は歩きだした。

「まって、げんちゃん」

朱陽は白花と手をつなぐ。蒼矢にも手を差し出したが、蒼矢は「へーき！」と玄輝に並んだ。


「子供たちが動き出したぞ」

タカマガハラの自室でテレビを見ていたアマテラスは、横に座るクエビコの肩を勢いよく叩いた。

「やっぱり玄輝は落ち着いとるなあ。いつも寝てばかりやけど神力は四人の中で一番高い。他の子もそれを自然と感じ取って頼りにしとるんやね」

クエビコが解説する。その音声は地上でやはりテレビを見ている梓にも副音声として聞こえてきた。

「みんな……がんばって」

梓はテレビの前で正座し、膝の上でこぶしを握った。


森の中はたくさんの種類の鳥の声が飛び交っている。

朱陽は顔をあげ、「ちちち、ぴゅーい、ぴぃ」と鳴き真似をした。それに鳥が声を返す。

返事を聞いて朱陽は前を行く玄輝に呼びかけた。

「ここまっすぐだって。だれかいるって」

「ん」

しばらく歩くと空き地のような場所に出た。背の低い草が絨毯のように生えて、周りをぐるりと隙間なく木が囲っている。中央に大きな切り株があり、そこに小柄なおじいさんが座っていた。

おじいさんはタカマガハラの神さまが着るような、白い上下の服を着て、煙管(きせる)をふかしていた。

「おお、よく来たのう、四獣の子たち」

おじいさんは煙管を口から離すと、大きな煙のわっかを作った。

「こにちわー」

朱陽がまっさきに挨拶した。

「おじいちゃん、かみしゃま?」

「ああ、そうじゃよ」

おじいさんはしわだらけの顔をさらにしわくちゃにして微笑んだ。

「よかったー、ねえ!」

朱陽は振り向いて他の三人に笑いかけた。

「あのね、あーちゃんたちね、あまてらしゅさまのとこ、いきたいの！　おてまみおとどけしゅるのよ！」

その言葉におじいさんはうんうんとうなずいた。

「もちろん、教えてあげよう。その前に、誰か水筒のお水をわけてもらえないかね。のどが渇いてしまってね」

その言葉に白花がすっと前に出た。

「おみじゅ……」

白花はおじいさんのそばに寄ると、肩にかけた水筒のベルトを「よいしょ」と頭から抜いた。

「はい」

白花が両手で差し出した水筒をおじいさんは「ありがとう」と受け取る。キャップを外すと水をそこに注いでごくごくとうまそうに飲んだ。

「ああ、おいしい、おいしい」

おじいさんは何度もキャップに水を注ぎ、何度も飲んだので、とうとう白花の水筒は空になってしまった。

「おいしかったのう。でもまだのどが渇いておるなあ。もうひとつ水筒をもらえんかね」

白花は返された水筒を逆さにした。お水は一滴も残っていない。

「あー……」

梓がいれてくれたのになくなってしまった。白花の眉が寄る。口がへの字の形になって、恨めしそうにおじいさんを見上げた。

「しらはな」

玄輝が白花の水筒に触った。とたんに水がぽこぽこと沸き上がる。それを見て、白花の眉が晴れた。

「げんちゃん、……ありがと……」

「ほう、これはすごいな。坊やは水の力を持っているのかね」

「おみず、のむ?」

玄輝は自分の水筒をおじいさんに差し出した。

「おお、おまえさんがくれるのかね」

おじいさんは嬉しそうに受け取るとキャップを外した。そこに水を注ごうとしたとき、

「……そのままのんで」

玄輝がおじいさんを見ながら言った。

「そのまま? 水筒に口をつけていいのかね」

「いい」

おじいさんは水筒と玄輝を交互に見やった。

「それじゃあ、お水をもらうよ」

おじいさんは水筒を両手で抱えると、それに口をつけて勢いよく仰向いた。

水筒の中の水がゴクゴクと老人の口の中に注がれてゆく。玄輝はじっとそれを見つめた。下げていた両の手がそっとこぶしを作る。

「う、う？」

水を飲んでいたおじいさんの顔がこわばる。

「うむ、む、む」

水筒の水が終わらない。おじいさんの口から水が零れだした。

「む、むむ……むう……っ」

水はあとからあとから溢れてくる。とうてい水筒に入っていた量とは思えなかった。

「げんちゃん……」

白花と朱陽はびっくりした顔で玄輝を見つめている。

おじいさんは厳しい顔になり必死に水を飲んでいる。玄輝も口をぎゅっと結んで眉を寄せていた。

玄輝が力を使っている、と他の三人にはわかった。水筒から水をとめどなく溢れさせているのだ。

老人の姿をした神がそれを際限なく受け入れていた。見ているうちにおじいさんの腹が膨らんでくる。

「む、う、うむ……まいった！」

おじいさんはそう言うと、水筒から口を離した。

「まいったまいった。わしの負けじゃ。なんちゅう勢いの水じゃ」

おじいさんは顔や服をびしょびしょと濡らしながら笑った。玄輝がほっと息を吐き、ふらりとよろめく。その体を蒼矢が支えた。

「げんちゃん、だいじょぶ？」

「だいじょぶ……」

玄輝は答えるとしゃんと立って、おじいさんに笑ってみせた。

「アマテラスさま、どこ？」

「うむ。アマテラスさまはな、この道をまっすぐ進んだ先におられる」

おじいさんの指さす方は森の奥だ。さっきまで木でふさがっていたのに、今は白い道が出来ている。白いのは小さな花が咲いているせいだ。

「この白い花の道を行くがよい。決して横道にそれてはいけないよ？」

「わかった」

玄輝が答えるとおじいさんは切り株から降りて立ち上がった。見る間にその姿は大きくなり、若々しい美丈夫の姿となる。

「私は若宇加能売命（ワカウカノメノミコト）。大和盆地の河川を司る水の神だ。玄武（げんぶ）、水の気であるおまえは私に親（ちか）しいものでもある。一度会いたかったのだよ。試すような真似をして悪かった」

ワカウカノメはそう言ってにっこり笑うと次には白花の方を向いた。

「水筒の水を全部飲んで悪かったね」

「だいじょぶ……。げんちゃん……いれてくれたから」

「ありがとう。おいしい水だったよ。では子供たち。気をつけていきなさい」

「あーい。あいがとー！」

子供たちは手を振って白い花の道に駆けだした。ワカウカノメも手を振り見送る。

「次代の四獣はなかなか面白いですね」

ワカウカノメはそう呟いてタカマガハラの空を見上げた。

「ワカウカノメめ。おもしろいことをする」

テレビの前でアマテラスが大喜びで手を打った。クエビコもほっと息をつき、首にまいた手ぬぐいで額を拭く。

「山にいる神の化身（けしん）が人々に水や食べ物をねだるというのは定番のお伽話（とぎばなし）やちゃ」

「本来なら玄輝の水など飲み込んでしまうだろうに、手加減してくれたな」

アマテラスはにやにやしながら画面の中で手を振っているワカウカノメを見た。

「玄輝もわかっとったと思いますちゃ。それでも持てるだけの力で挑んだので、ワカウカノメ殿が自分の負けということにして、勝負を終わらせてくれたんでしょう」

同じ頃、梓もテレビの前で脱力していた。

白花の水がなくなってしまったときにはどうしようかと思ったが、一種のイベントのようなものであったらしい。無事に終わってよかった。

テレビ画面では白い花の道を進む子供たちの後ろ姿が写っている。翡翠たちが追いかけて撮影しているのだろうか？

いっさい振り向かない子供たち。自分たちの進む道が正しいと信じているのだ。

進んでいくとやがて森が途切れ、広い草原が見えてきた。子供たちの胸のあたりまで生えた草が、さわさわと風に揺れている。

見渡す限りの草の海。

白い花の道はその草原の中に続いていた。子供たちは進む。どんどん進む。しかし……。

「あれえ？」

二

白い花の道は唐突に終わっていた。そこから先は草が通せんぼしている。四方の草をかきわけてみたが、白い花はどこにも見当たらなかった。

「おはな、なくなっちゃったー」

朱陽が叫んだ。

「なんでー？　どうしてー？」

蒼矢が怒った口調で問うが答えるものはいない。

「みち、わかんない……。また……だれかさがして……きく？」

白花が建設的な意見を述べる。

「……」

子供たちは途切れた花の道の上で頭を寄せ集める。自分たちで考えて行動しなさいと梓は言った。なんとか方法を見つけなければならない。

「しーちゃん、どっかにだれかいる？」

朱陽が白花を見た。白花は耳に手を当て、なにか聞こえないかと伺ってみる。

「あ……。なんか、おとがする……ぱちぱちごーごー……ゆってる……」

はっと朱陽が気づいて周りを見回した。

「ひぃ、ついてる！　こげくちゃいよ！」

四人が周囲を見回すと、草原のあちこちから白い煙があがっていた。ちらちらと赤い炎の色も見える。

「かじだ！」

炎が津波のように四方からなだれこんできた。玄輝は両手をあげるとそれを勢いよく振り下ろす。

ばしゃん！　と子供たちを中心に、周囲一〇〇メートルくらいの円形に大量の水が落ちた。これでしばらくは炎は近づけないだろう。だが熱気はむわりと固まりのようになって子供たちに押し寄せる。

「ひぃは、あーちゃんけせるよ！」

朱陽のたのもしい言葉に、しかし玄輝は厳しい顔で首を振った。

「ひろすぎる」

「できるよ！」

「――まって！」

白花が朱陽の口をふさいだ。

「だれかのこえ……きこえる……たすけて、ゆってる」

子供たちはもう一度炎の海を見渡した。

「どこ!?」

煙と草でだれの姿も見えない。だが白花の耳が聴こえるというなら必ずいるのだ。

（あーちゃん、さがしてくる！）

朱陽は飛び上がると空中で朱雀（すざく）に変身した。

「きをつけて……！」

（まってて！）

朱雀は一気に上空へ舞い上がった。地上から炎の熱気が翼を押し上げる。この姿になると草を焼く炎はかえってエネルギーとなり、朱雀の中にたくわえられる。

（だれかいりゅの!?）

朱雀は大きく円を描いて空の中を飛んだ。上から見ると炎は朱陽たちがいた場所を中心に広がっているように見える。

「助けて！」

下の方から小さな声が聞こえた。朱陽はその声の方に翼を振る。

「助けて！　助けて！」

手をふりながらぴょんぴょんと飛び上がっているのは白いウサギだ。普通のウサギより大きく、後足で立っていた。

その場所にはまだ火は回っていないが、それも時間の問題だろう。炎は大きな範囲に広がっている。

(うさぎしゃん!)

朱雀はウサギのもとに急降下した。

(だいじょぶ!? たしゅけにきたよ!)

「あ、ありがとう!」

朱雀は地面に降りるとウサギに背を向けた。

(あーちゃんのせなかにのって!)

「は、はい!」

ウサギが朱雀の背にぴょんと飛び乗る。

(ちゅかまっててね!)

朱雀が翼を振って飛び立ったのと、炎が勢いよくそこに襲いかかってきたのはほぼ同時だった。

朱雀は一直線に子供たちのもとへ戻った。

「うしゃぎしゃん、いたよー!」

空から舞い降りながら元の人の姿に戻った朱陽は、背中におんぶしたウサギをみんなに見せた。ウサギは朱陽の肩に両手で掴まり、ぶるぶると震えている。

「このうしゃぎしゃん、おしゃべりするよ！」

朱陽はしゃがんでウサギを地面に下ろした。

「うしゃぎちゃん……だいじょうぶ？」

白花が小さな頭を撫でると、ウサギは後足で立ち上がり、二本の耳をピンとたてた。

「大丈夫です。あぶないところをありがとう。僕はこう見えても因幡（いなば）の白ウサギです！」

「いなばのしろうしゃぎ……？」

「はい！　あの大国主（おおくにぬし）さまに助けていただいた因幡の白ウサギ……って、え？　ご存じない？」

子供たちは顔を見合わせたあと、いっせいに首をかしげた。

「しらなーい！」

ウサギは赤い目を見開き、一瞬よろけたあと、両方の足でトタトタと地面を打った。

「そ、そんな。大国主の国譲（くにゆず）りの話は日本における基礎教養でしょう！　羽鳥梓さんは、いったいなにを子供たちに教えているんですか！」

ウサギは嘆いて耳をひっぱり顔を覆った。

「あじゅさのことしってんの!?」

　ウサギの口からでた名前に朱陽が叫んだ。

「知ってますとも！　あなたたちが次代の四獣ということも、アマテラスさまのとこまでおつかいに行くということも！」

「そう！　おちゅかいいくの！　あーちゃんゆーびんやさんなの。でもみちがわかんなくなっちゃった。うしゃぎしゃん、わかる？」

　顔を突き付ける朱陽にウサギは胸をそらせた。

「もちろんですとも！　それを教えるために僕が来たのですから！　さあ、あれをごらんなさい」

　ウサギが指さしたのは青空の中の太陽だ。

「お日さまに向かってまっすぐ進みなさい。じきにこの草原から抜けられます」

だがその太陽の方角には火の手がゴオゴオとあがっている。

「あけび」

玄輝が朱陽の手を掴んだ。もう片方の手で炎の壁を指さす。

「まんなかだけ」

朱陽はじっと燃え上がる炎を見つめた。瞳がゆらめく火を映して赤く輝く。

「……わかった、できるよ」

力強く言うと、両の手を胸の前で組んだ。

「いっぺんにとばしゅから、げんちゃん、あとよろちく」

朱陽は指を組んだ腕を「えいっ」と掛け声と一緒に前に伸ばした。そのとたん、広がっていた炎の壁の真ん中が、拳で打ち抜いたように丸く吹き飛ばされる。

同時に玄輝が地面に手をついた。そこから朱陽が開けた炎の向こうまで、向かい合った二列の氷の壁が生えてきた。それは巨大な霜柱だ。

「はしって！」

玄輝の声に朱陽が、蒼矢が、白花が、ウサギが駆けだした。玄輝は最後に走る。氷はあたりの熱気ですぐに溶けていくが、玄輝は何度も氷の道を上書きする。

「ぬけた！」

先頭の蒼矢が叫んだ。炎の壁を抜けると目の前は青青とした草原だ。炎の中から朱陽と白花が走ってくる。ウサギも出てきた。

「げんちゃん！」

玄輝はふらふらと走っている。氷の道を作るのにかなり力を使ったらしい。

「げんちゃん！」

朱陽がダッシュで駆け戻り、倒れそうになった玄輝を支えた。

「いっくよー！」

朱陽は朱雀となり、両の足で玄輝の胴体をがっしり掴む。そのまま飛び上がり、熱風を追い風に、力強くはばたいた。

「あけびー！　げんちゃーん！」

蒼矢が手を振っている。

朱雀は仲間たちの元に玄輝をつれて舞い降りた。

「やったあ！」

振り向くと炎はずっと向こうへさがっていた。玄輝は地面に転がると、「ねむい……」と大あくびをし、そのまま目を閉じてしまう。

「あー、……げんちゃん、ねちゃったー」

蒼矢が玄輝の頬をぺちぺちと叩く。だが玄輝は硬く目をつむり、起きそうにもない。

「……しらぁな、げんちゃんはこぶ……」

白花がでんぐりかえって白虎に変わる。朱陽と蒼矢は一緒に玄輝を抱えて白虎の背中に乗せた。

「しーちゃん、だいじょぶ？　おもくない？」

朱陽が白虎の顔をのぞき込む。

（だいじょぶ……げんちゃん、おちないようにみてて）

「うん」

朱陽と蒼矢は二人で玄輝の丸い背に手を当て、白虎の歩きにあわせて歩いた。

白ウサギの言うように、しばらく進むと草原は終わり、また森の中となった。そこからは白い花の道が再び続いている。

「ありがとう、いなばのうしゃぎしゃん」

森について朱陽はウサギにお礼を言った。ウサギは耳を片方ずつぴょこぴょこと折り、照れくさそうな顔をした。

「うん、僕の案内はここまで。あとはもうわかりますね」

「わかりゅ」

「がんばってお手紙を届けてね。アマテラスさま、待っていますから」

「うん」

「帰ったら羽鳥梓さんに因幡の白ウサギの話を聞かせてもらってくださいね」

「うん！」

子供たちはバイバイ、とウサギに手を振った。ウサギも短い両手を振り回す。

子供たちの姿は森の木々の間にすぐに見えなくなった。

「やあ、いい子たちだったなあ……」

ウサギは子供たちの姿が見えなくなっても、ずっと後足で立ったまま見送っていた。

「アマテラスさま、あの子たち、いい子たちでしたよー！」

ウサギは空の中の太陽を見上げて大きく叫んだ。

「うむ、よい子たちじゃ」

草原のシーンを見終わったアマテラスが大きく息を吐いた。

「自分たちも危険やのにちゃぁんと助けを求めるもののところへ行ったねえ」

クエビコも感に堪えたとばかりに首を振る。

「それでこそ次代の四獣神だ。しかし、——火を放つとはやりすぎではないか？」

「これはあれやね、ヤマトタケルくんの野焼きを再現したんやね」

「玄輝を疲れさせてしまったが大丈夫だろうか？」

「地上にいるわけではなくタカマガハラにおるからね。この地は神力に満ちとるから……。じきに力をたくわえて目覚めるやろ……」


テレビの前で梓は胸を撫でおろしていた。

草原が燃え上がっていたところでは、すぐにでもタカマガハラに怒鳴り込もうと立ち上がってしまった。

しかし、玄輝の冷静な判断や、朱陽の炎のコントロールなど、いつもは目にすることができない子供たちの成長を見ることができて、感動もひとしおだ。

「みんな、えらいよ。立派だよ」

涙をこらえて梓は画面の中の子供たちに拍手を送る。

玄輝が眠ってしまったのは気になるが、クエビコが解説でじきに目覚めると言っていたから大丈夫だろう。

「それにしてもどのくらいやるんだろう？」

『はじめてのおつかい』では家からサンシャインまで、と距離が明確だ。しかしタカマガハラという場所では距離はあってないようなもの。道だってなんでも作れてしまう。

子供たちは再び森に入ったが、疲れてはいないだろうか？

そろそろゴールにしてもらいたい、と再び梓はテレビ画面に集中した。

三

森の中に続く白い花の道を進んでいくと、突然、その道は断ち切られた。まっすぐ歩いていた朱陽は気づかず、空中に足を踏み出してしまう。

「あけび！」

朱陽の姿がふっと地面の下に消える。だが、次にはふわりと浮き上がってきた。

「あー、びっくいした！」

朱陽は地面に降りると膝をついて自分が落ちた場所を見下ろす。

それは底が見えないほどの断崖だった。

向こうに目をやると、同じような崖が立っている。右も左もずっと先まで続く、大断絶の果てのない割れ目。

「みち、おわっちゃった」

「おれ、ちょっとみてみる」

蒼矢は飛び上がって向こう側の崖を眺めた。かすかに白いものが見える。おそらくは花の道だろう。

向こう岸まではかなり距離があるな、と目測する。

自分や朱陽は青龍や朱雀になって飛ぶことができるが、白花はジャンプしても届かないだろう。玄輝もまだ寝ているし、このままでは四人一緒に進むことはできない。

「むこうのがけまでどうやっていこう?」

蒼矢が戻ってみると、白虎の姿の白花が崖の下の方に鼻を向けていた。

(だれか、いるよ……)

「え？」

蒼矢も朱陽も覗いてみるが、下は光が届かず暗くてなにも見えない。

（だれかないてる……）

「さっきのうしゃぎしゃんみたいにだれかこまってんの？」

朱陽が聞くと白花はうなずいた。

（かなしいきもち……する）

「じゃあ、あーちゃん、みにいくよ！」

朱陽がそう言って飛び上がろうとしたのを、蒼矢があわてて止めた。

「あけびはさっきいったでしょー。こんどはおれがいくよ」

「えー？」

「さっきはひぃがたくさんあったからあけびでもよかったけど、こんどはおれ！　あけびばっかいいかっこしてずるい！」

「なにゆってんの、そーちゃん」

朱陽は首をかしげ白虎を見た。白虎は丸い耳をぴくぴく動かし、やはり首をかしげる。

（なにゆってんの、そーちゃん……）

「とにかくおれがいくの！」

蒼矢は言い切るとくるっと回り青龍の姿となった。

（ブルードアゴン、しゅちゅげきー！）

パシン、と尾が地面を打ち、小石が朱陽に跳ね返る。

「いたいっ！　そーちゃんはもーっ！」

朱陽が怒った声をあげたときには、青龍はもう崖の下に、それこそ青い矢のような勢いで飛び降りていったところだった。

青龍はまっすぐ崖を降りてゆく。太陽の光が届かなくなって周囲はだんだん薄暗くなってきた。

崖には木の一本も生えておらず、わずかに背の低い草がところどころにへばりついているだけだ。

（ほんとにだれかいりゅのー？）

白花が耳のいいことは知っているが、こんな崖の中にいるのってだれなんだろう。もしかしておばけじゃないのかな。

青龍は空中で落下に急ブレーキをかけた。自分の想像が怖くなったのだ。

（もうかえろっかな……いなかったっていえばいいかな）

その場でうろうろととぐろを巻き始めたとき、青龍の耳にも泣き声が聞こえてきた。

ゆっくりと下降していくと、崖の途中に白いものが見えた。陽が射さない薄闇の中で、それは内側から光を放っていたので青龍の目にも見えたのだ。

（あ、ほんとにいた！）

それは一人のほっそりした女性だった。白く長い着物のような服を来て、腰にきれいな色の帯を締めている。

崖の途中に手を差し出しているかのように岩棚があり、そこに横たわっているのだ。長い髪は岩だなから滑り落ち、風に揺れている。

女の人は岩棚に顔を伏せ、しくしくと泣いていた。

（おばけじゃないよね……）

青龍は静かにその人のそばまで降りた。

（ねー、どうしたの？）

話しかけると女の人はびっくりしたようで、勢いよく体を起こした。

「だれ？」

怯えた様子で岩肌に身を寄せる女の人に、青龍は安心させるようにくるりと回って蒼矢の姿に戻った。

「おれ、そーや。せいりゅうだよ！」

「青龍？　それでは次代の四獣の子ですね」

怯えた顔に安堵の微笑みが広がる。

「そう！　どうしたの？　なんでないてんの？」

「私は天女の一人なのですが、ここまで遊びにきたときに、うっかり羽衣を落としてしまったんです。それで空を飛ぶことができなくなり、昇ることも降りることもできず泣いていたんです」

「はごろも？　それがあればそらがとべるの？　だったらおれ、とってきてあげるよ」

「本当？　でも……」

天女は心配そうな顔になった。

「羽衣はこの下に棲むヌエの巣に落ちてしまったんです。ヌエは雷を使って攻撃してきます。大丈夫かしら……」

「かみなり──？」

それって白花のビリビリだ、と蒼矢は口を歪めた。ビリビリは苦手。苦手だけど……。

蒼矢は天女の顔を見た。雪のような白い肌、涙を浮かべた大きな目、南天の実のような赤い唇……とてもきれいなお姉さんだ。こんな人が泣いているなら助けてあげたい。でもビリビリかあ……。

蒼矢は一度大きく深呼吸すると、くるっと回って再び青龍となった。

（まってて。いま、はごろもとってきてあげる）

青龍はそう言い残し、真上に向かって飛び上がった。

崖の上で蒼矢を待っていた朱陽と白花は、青龍が下からロケットのような勢いで飛んできたので驚いた。ぽーんとずいぶん上の方まで飛んでゆく。

「そーちゃーん！」

「こっちこっち……」

行きすぎてしまった青龍はあわてて降りると、もとの蒼矢の姿に戻った。

「だれかいた？」

聞いてくる白花に蒼矢は「いたけどさあ……」と自分が見たものを報告した。

天女が泣いていたこと、羽衣というものを落としたこと、それがヌエとかいうものの巣にあること――。

「そのヌエってやつ、ビリビリすんだって。しらぁなとおんなじ」

「そう……」

「だから、みんなでいくしかないかなっておもって」

「そうだね」

朱陽は腕組みをしてうんうんとうなずく。

「あーちゃんがしーちゃんのせてくよ！」

「げんちゃんは……どうしよう」

「まだねてんの？」

蒼矢が玄輝をのぞき込むと、ぱっちりと目が開いた。

「げんちゃん、おっきした！」

玄輝は大きなあくびをして、両手をあげると伸びをした。

「よかった、げんちゃん！　いっちょにいけんね！」

玄輝は寝起きでぼんやりした顔を三人に向ける。蒼矢はもう一度玄輝に説明した。

「じゃあみんなでいこう！　オーガミオーはっちん！」

蒼矢の声で朱陽は朱雀に、玄輝は玄武に変身した。空を飛べない白虎は朱雀の背中に乗る。蒼矢も青龍に変わった。

（いっくよー！）

真っ先に朱雀が崖の下に飛び降りる。あわてて青龍が追いかけた。

（だめー、あけび！　おれがさきなの！）

（さきについたほうが、いっちばーん！）

（まてー！）

（やーっ、あーちゃん、もっとゆっくり……っ）

猛スピードで降りていく二人を玄武がゆっくりと追いかける。

やがて朱雀と青龍は、羽衣をなくした天女の岩棚まで到達した。

（もどってきたよー）

青龍がはあはあと息を切らして天女のそばに飛び降りて人の姿に戻った。朱雀や白虎もそれぞれ朱陽と白花に戻る。

「あーちゃんよ！　こにちわ！」

「……しらぁなでしゅ」

「いまきたのがげんちゃん！」

玄武は人の姿に戻ると天女にぺこりと頭をさげた。

「まあ！　四獣の子たち。ありがとう、助けに来てくれて！」

「はごろもあるの、もっとした？」

朱陽は岩棚からさらに下を覗いた。吸い込まれそうなくらい深い。

「そうなの。もう少し下に行くとヌエの巣があるわ。そこにひっかかっている薄い布なの」

「わかったー」

今にも飛び降りそうな朱陽を天女は抱きとめた。

「待って！　ヌエは雷を使うのよ。大丈夫なの？」

「へーき！　だよね？」

朱陽はにかっと笑って白花を見た。白花は大きくうなずく。

「……だいじょぶ、しらぁなもビリビリできるから……」

白花は人差し指を立てるとその先に小さな火花を散らした。

「みんなでいってやっつけるよ！」

蒼矢は片腕をぐるんと回す。

「まかせて」

玄輝が大人のように言って朱陽を抱いている天女の腕をぽんぽんと叩く。

「そ、そうなの？」

それでもまだ天女は心配そうだ。

「気をつけてね？　ヌエは気が荒いから……」

「おっけー」

蒼矢は飛び上がると青龍に変身した。とぐろを巻いて余裕のあるところを見せる。

（じゃあいってくるね！）

朱雀に変わった朱陽が真っ赤な翼をはばたかせる。

「みんな、無理しないでね！　危ないとおもったら戻ってきてね！」

（あいあーい！）

天女の言葉に四獣は声を揃えた。そして同時に下へと降りた。

「なんだかアクション冒険もののような雰囲気になってきたな」

アマテラスが嬉しげに言って期待に満ちた目をクエビコに向ける。

「指揮をとったのが翡翠ですからたぶんに趣味が反映されとるがやろ。しかしやちゃ……」

クエビコは画面から目を離さずに答えた。最後の呟きは自分に向けたものだ。

「なんだ？　なにか心配事か？」

「それにしてはなんだかおとなしいな、と」

クエビコは苦笑する。

「考えすぎかもしれんけど」

「サポートは万全なのだろう？」

「もちろんですちゃ。ヌエだって今回の計画に喜んで協力してくれとるんですから」

「知らないのは子供たちだけか」

「そういうことです。ここでちゃんとヌエがやられて子供たちが無事にはごろもを取り返します。そして向こう側に渡ってアマテラスさまに……」

クエビコはアマテラスの顔を見た。

「そういえばアマテラスさまもそろそろお出ましの用意をした方がいいかもしれんですよ」

「おお、そうか」

アマテラスが立ち上がると、いつものパンツスーツ姿から、五色の光をまとった神衣になる。背中に漂う領巾も割り増しになっていた。

「どうだ？　これならフィナーレにふさわしかろう」

「いいですねえ。じゃあもう少し先を見てからでかけんまい」

アマテラスは改めて腰を下ろし、テレビ画面に目を向けた。


子供たちがゆっくりと下に降りてゆくと、バチバチッと光を放つものがあった。あれがヌエの巣だろう。

鳥の巣のように木の枝を丸く組み合わせた中に、縞々（しましま）のからだを持った獣がうずくまっている。顔は猿、体は虎、そしてしっぽが蛇（へび）の妖獣（ようじゅう）、ヌエだ。

「――はい、きました。四獣の子たちです。……了解、うまくやります。バトルにもっていっていいんですよね」

ヌエは頭にセットしたインカムで話をしている。

「……はい。話をいっさい聞かない感じで？　はいはい、悪役らしくですね、了解です。お任せください。では」

子供たちの姿が近づいてくると、インカムをさっと取って腹の下に隠した。

「よし」

ヌエは四つ足で立ち上がり、首をあげて一吠えする。その声は崖の間で反響して恐ろしく大きな声になった。

「あれだよ――」

青龍が宙で止まる。朱雀も玄武も動きを止めた。

「はごろもって……あれ？」

巣の端にひらひらとしたものが見えていた。薄くて長い布は翻るたびに柔らかな光を放っている。

「どうする？」

「ごあいさちゅ、してみよう」

朱雀が当然のことのように言う。いつも梓にご挨拶は大事、と言われているからだ。

「えー？　みんなでいっせいにやっつけようよー」

青龍が不満そうに叫んだ。

「わるもんかどうかわかんないでしょ」

朱雀がバサバサと翼を振り、青龍の顔の前に羽根を散らす。

「わるもんだよ！　おっかないかおしてるもん！」

「おかおじゃわからない……ガイアドライブ二九話『みにくい怪物の子』っておはなしあったでしょ……？」

白虎の言う話は確かに青龍も見ていた。

「じゃあ、ごあいさちゅして、そんでだめだったらバトルしていい？」

「そだね」

「いいとおもう」

「……」

「じゃあ、いこう！」

子供たちはゆっくりとヌエの巣に近づいた。ヌエは体中からバリバリと稲光(いなびかり)を放出し、怖い顔を上にあげた。

「……こにちわー」

朱雀が羽をせわしく羽ばたかせ、遠くから挨拶した。

「こにちわー、あーちゃんよ。しゅざくなの」

「おれ、そーや。せいりゅう」

青龍はピンとひげをのばした。

「しらぁなでしゅ……びゃっこでしゅ」

朱雀の背の上で白虎が丸い頭を下げる。

「げんぶ」

玄武はしっぽの蛇をくるりと回した。

「あ、これはご丁寧に……」

ヌエは思わず、といった様子で頭をさげたが、

「っとと……ちがうちがう。ええっと……、なにしにきやがった、ガキども！」

と、あわてて言い直した。

「あのねー、はごろもちょーだい」

朱雀が少し高度を下げる。

「それ、てんにょちゃんのなのー」

「うるせえっ！　俺の巣にあるもんは俺のもんだ！　消え失せろ！」

ヌエは雷をひとつ、見当違いな方へ飛ばした。雷は崖の土をえぐり、バラバラと土を落とす。

「あー……」

朱雀が残念そうな顔で青龍を見る。逆に青龍は嬉しそうにぐるぐると回った。

「やった！　バトルするよ！」

すうっと玄武が青龍に近づく。

「ビリビリ、あぶない。はやくうごいてめをまわす」

「らじゃー」

次に玄武は朱雀の背に乗った白虎のそばによった。

「ビリビリ、きたらとめられる？」

「……」

白虎はしばらく黙っていたが、やがてこくりと首を動かした。

「できる……とおもう」

「まかせた」

「げんちゃん、あーちゃんはどうすんの？」

「しらはなにビリビリあたらないように、とんで」

「わかったー。げんちゃんは？」

玄武は巣にひっかかっている羽衣を見た。

「あれ、とる」

四人の作戦が決まった。


「おお、さすがに玄輝は冷静やちゃねえ」

子供たちの小さな声も風の神が集めてちゃんとマイクに入ってくる。

玄輝の作戦にクエビコはかぶっていた麦わら帽子を放り投げて喜んだ。

「そうだな。蒼矢が戦い中心の考え方になっているのに比べ、玄輝は一番大事な羽衣を取り返すということを忘れておらん。立派なものだ」

アマテラスも感心した。画面の中では玄輝の顔が大写しになっている。いつもの眠たげな目ではなく、きりっと敵であるヌエを見つめている。

「こういうカメラの演出は？」

「それはもう専門家におまかせやちゃ。数々の巨匠とタッグを組んだ名カメラマンをお呼びしとっから」

「そうか。それではのちほどきちんと礼をしなければな」

「朱陽や白花も、ちゃんと玄輝のいうことを聞いている。みんなお利口やちゃ」

「そういえば、子供たちもだが、ヌエの方にも怪我がないようにはしてあるな？　子供とはいえ、彼らの神力(じんりょく)は高いぞ？」

「そら、もちろん。ヌエにも危ないと思ったらすぐに降参するよう伝えてありますちゃ」

「うむ。子供らの方は真剣だからな。手加減はせんだろう」

自宅の居間でテレビを観ている梓は気が気ではない。画面に映ったヌエの姿はいかにも恐ろしげなものだ。いくら役者――役者と言っていいのか？　――とはいえ、子供たちが怖がってしまうかもしれない。

そしてアマテラスの言うように、子供たちは遠慮しない。ヌエに大けがを負わせたらと思うとそれだけで胃が縮みあがる。

蒼矢は戦いをゲームのように考えているところがあるし、白花は普段おとなしいけれど蒼矢と喧嘩になると容赦のないところがある。朱陽はけっこうその場のノリで力を使う。

玄輝がうまく機を見てくれることを祈るだけだ。

「大丈夫かなあ……やっぱりついて行くべきだったかなあ……」

言っても仕方のないことを梓は繰り返し呻いていた。

四

青龍は自分の出せる最大のスピードでヌエの目の前を横切った。右から左へ、左から上へ、上から下へ、下から再び右へ。ヌエの首が軌跡にあわせて激しく動く。

朱雀は白虎を乗せたまま、逆にゆっくりとした動きで近づいていった。

その背後に隠れるように玄武がついてゆく。隙を見て羽衣を奪うためだ。

(しらはな。ビリビリ、うえにあげて)

玄武が念話で伝える。

「わかった」

白虎は顔の前に光の球を浮かべた。バチバチッと青白い小さな光が弾ける。

「えいっ！」

かけ声と一緒に光球が上空に昇る。ヌエはその光跡を目で追った。

（そうや、うえでまわって）

「らじゃー！」

龍の青いうろこが白虎の光に照らされきらめく。

ヌエは蛇の尾から次々と稲妻を打ち出した。それはほとんどでたらめな方角だ。

「へへーん！　ぜんぜんあたんないよーだ！」

ヌエがあえて子供たちに当たらないように打ち出していることを知らない青龍は、自分が相手を攪乱（かくらん）していると得意満面だ。

「こらーっ！　降りてこーい！」

ヌエは巣の上でジャンプし、青龍を追って断崖の壁をするすると登る。

「……！」

その隙に玄武が巣に突進し、羽衣を絡めとった。

「やったー！　げんちゃん！」

朱雀が喜びのあまり一回転したせいで、白虎は背中から落ちそうになった。

「……あーちゃん……っ、あぶない！」

「ごっめーん！」

ヌエは崖の途中でぶらさがり、再び稲妻を何本か落とす。それらは崖の下にまっすぐに落ちていった。

（うえにもどって）

玄武が全員に念話を送った。

「あいあーい！」

朱雀と白虎は返事をしてすぐに飛び上がる。しかし青龍は不満そうに言い返した。

「えー、ぜんぜんバトルしてなーい！　おれ、たたかう！」

確かに青龍は断崖の中を飛び回っただけだ。

（はごろもとった。もういい）

それに玄武は少し強い調子で言う。青龍はしばらくぐずぐずしていたが、やがてしぶしぶ、といった様子でひげを垂らし、従った。

岩棚の上では天女が心配そうに待っていた。

「ただいまー」

子供たちは次々と人の姿に戻って岩棚の上に飛び降りた。

「みんな大丈夫だった？　怪我してない？」

天女は子供たちを一人一人抱きしめる。蒼矢はあわてて腕の中から逃げ、朱陽は天女のいい香りにうっとりし、白花は恥ずかしがり、玄輝は顔を赤らめた。

「ぜんぜんへーき！　あいつコントロールなさすぎ！　ぜんぜんあたんないの」

蒼矢はそっくりかえって言った。

「はごろも」

玄輝が羽衣を渡す。

「ありがとう！　ありがとう、みんな」

天女は急いでそれを身にまとうとふわりと浮き上がった。

「早く地上に出ましょう」

天女は下方を気にしながら上を目指す。

「だいじょーぶだよ？　もっかいきてもおれがばーんってやっつけちゃう」

「え、ええ……」

五人はようやく崖の上まで昇ってきた。地面に降りると子供たちはそれぞれが膝をついて崖の下を見つめる。

深い闇の中、かすかに白い光がチカチカと瞬いていた。あれがヌエの光だろうか？

「ぜんぜんらくちんなみっしょんだったね！」

蒼矢がぐっと親指を立てる。それに朱陽も同調して拳を突き上げた。

「あーちゃんたちのしょーり！」

「やったね……」

白花も小さく手を叩いた。

「あとはむこうへわたるだけだけど……」

玄輝は遠くへ見えている向こう側の崖を見つめた。

「おお、これで最後のイベントがおわったぞ。私は彼らを出迎える準備をしておけばよいのだな？」

アマテラスがそわそわと立ち上がった。

「やはりここは威厳を見せて受け取るべきか、それとも子供たちを抱きしめてやった方がいいか……なあクエビコどっちがいい？」

だが画面を見ていたクエビコは首をひねった。

「やっぱりおかしいちゃ。翡翠は最後に番組を盛り上げると話しておりました。これで終わりというのはあまりに尻すぼみで……」

そのときテレビの中の映像が大きく揺れた。

「えっ、なに、これ」

地上のテレビ画面の中にも何本も線が走り、子供たちの映像が歪む。梓はテレビに飛びついて本体を揺すった。テレビが壊れたのかと思ったのだ。

その画像が再びクリアに戻った。同時にテレビの中から恐ろしい咆哮が響いた。

子供たちは崖の下から聞こえたとんでもない大音響に耳を押さえた。さっきのヌエの声も大きかったが、今の音に比べれば蚊のはばたきほどだ。

そしてその音は、確実に生きているものの声だった。

「くるわ！」

子供たちと一緒にいた天女が叫んだ。子供たちは声の大きさに怯え、天女を見上げた。

「くるって……なに？」

「地の底の王よ」

天女の顔は恐怖に彩られている。ガタガタと彼女は震えだした。

「ヌエの稲妻がそれを呼ぶの。本当に恐ろしいのはその怪物……！」

「かいぶつぅ？」

蒼矢が目を輝かせる。

「やった！　ばとるだ！」

勢い込んで下をのぞき込もうとする蒼矢の襟首を玄輝が掴む。

「あぶない……っ！」

そのとたん、地の底からすさまじい突風が吹き上がった。

「きゃあ！」

天女があおられて空に舞い上がる。子供たちもころころと地面の上を転がった。

「なんなの――！」

憤然と顔をあげた蒼矢の視界が、不意に暗くなった。今まで空があったところが黒い影に覆われている。

――いや、影ではない。

それは首だ。

太く長い首がうねうねと何本も崖の下から伸び上がり、それぞれについた凶悪な怪物の顔が、あるものは二重に牙の生えた口をあげ、あるものは炎を吹き上げ、あるものは長い舌を伸ばし、またあるものは氷の粒を吐き出している。

八つの頭を持った巨大な――それはこの大断崖いっぱいに広がった――怪物。

それぞれが獰猛な雄叫びをあげ、子供たちの目の前に迫った。

「え……」

朱陽はぽかんと首の長い怪物の姿を見上げた。

「ばと……る」

蒼矢は尻餅をついたまま後ろにさがる。

「や……」

白花はぺたんと座ったまままいやいやと首を振った。

「……」

玄輝は口を開けたままだ。

怪物たちは金色に輝く目で子供たちを睨んだ。

「さあ」

地響きがするような声で怪物が吠える。

「バトルだ」

子供たちは固まったまま動けない。

あまりにも巨大すぎて、あまりにも圧倒的すぎて、あまりにも……顔が怖い。

子供たちの顔が歪(ゆが)んでその口から泣き声が漏れそうになった時――。

彼らのポシェットが光り輝いた。

五

「え？　なに？」

子供たちは光っているポシェットの中を覗いた。そこには年始に伴羽（ともは）からもらった小さな卵があった。光っているのはその卵だったのだ。

「ともはちゃんの……たまごちゃん」

子供たちは急いで光る卵を取り出した。卵は子供たちの手の中でより輝きを増し、その光はあっという間に大きくなって、人の姿となった。

光の中から現れたのは、当代の四獣神たちだ。

背の高い朱雀が、美しい青龍が、大きな体の白虎が、白い髭（ひげ）の玄武が、子供たちの前に立ちはだかった。壮大な音楽がどこからか聞こえてきた。

「さあ、やるまいぞ、やるまいぞ」

朱雀が長い矛を手にして叫んだ。

「大切な子供たちになんとする」

青龍は弓を手にしていた。

「我ら四獣の神がお相手つかまつろう」

白虎は大ぶりの劔を持っている。

「いざやいざや、かかってまいらせ」

玄武はくるりと二叉(ふたまた)の槍を回した。

そして四人の神はいっせいに八本の首に飛びかかった。首は炎を吐き、氷を吐き、毒を吐き、風を吐いた。だが四人はその攻撃を軽々とかわして一本ずつ首を討ってゆく。

首は討たれるたびに地面を揺らしてのたうち回り、悲鳴をあげて倒れていった。

子供たちは目を丸くして先輩四獣の活躍を見つめていた。

「がんばれーっ！」

朱陽が両手を突き上げて叫ぶ。

「かっこーい！　まけるなー！」

蒼矢は崖の上で飛び上がった。

「やった……でんげき……っ」

白花は白虎が光珠(ひかりだま)を怪物に投げつけるたびに手を叩いた。

「……っ、……！」

玄輝も拳を握って声を出さずに応援している。

やがて咆哮と共に最後の首が崖の下に落下していった。ずずーんとはるか下方で鈍い音が響いた。

四人の神は空中で互いに拳を突き合わせると、静かに子供たちのもとに降りてきた。

「しゅざくのおじちゃーん！」

朱陽が赤い髪をひるがえす朱雀に駆け寄る。

「よく頑張ったな、朱陽」

朱雀は朱陽を抱き上げてぽーんと空に放る。朱陽は「きゃははっ」と笑ってくるくると回った。

「せいりゅうのおねーちゃん」

おずおずと近づいてきた蒼矢に、青龍は腰を屈めてその頭を撫でた。

「蒼矢、泣かなかったわね」

「なかないよ！」

怖くてちょっぴり涙がにじんだのは内緒だ。

「怖かっただろう？　もう大丈夫だ」

白虎はそばに寄ってきた白花の背にそっと腕を回した。白花は白虎の胸に額を押し当てると「こわかった……」と素直に答えた。

「でも……たすけにきてくれたから……うれしかった」

「そうだ。いつだって助けにくるからな」

「うん……ありがとう」

四人が戦っている間は激しい音楽が流れていたが、今は静かで美しい曲が聴こえている。

その音楽に首をかしげている玄輝の頭を、玄武が撫でた。

「ここまでよくみなを導いたな。えらいぞ」

「さいご、たたかえなかった」

「いいんじゃよ。戦うのはわしら大人の仕事じゃ」

玄武は両手で玄輝の頬を撫でた。

「大変な道のりだったろうに、えらかったな」

褒められて玄輝はきゅっと唇をあげた。

「ほら、ごらん」

今や大断崖の亀裂には美しい花の橋がかかっている。向こう岸は眩しくて見えなかった。

「あれはアマテラスさまだ。お姿が光輝いている」

朱雀が手をかざして光を指し示した。

「さあ、フィナーレだ。橋を渡っておいき」

当代の四獣に背中を押され、子供たちは花咲く橋の向こう、光の中へ駆けだした。

「それにしても翡翠はやりすぎや。オロチが怖すぎやろ」

紅玉がジャンプして翡翠の頭をはたく。

「私はただ迫力を出そうと……」

「ヤマタノオロチに特殊メーキャップするんを嬉々としてやっとったからなあ。梓ちゃんに翡翠の暴走を止めてと言われていたのに……」

花の橋のたもとで子供たちはアマテラスに手紙を渡している。その姿を遠くから眺めながら、翡翠、紅玉、クエビコが話していた。

「子供たちを泣かすところやったよ。もし泣かせてたら梓ちゃんが大激怒や」

「羽鳥梓が怒ったところで……」

「家にいれてもらえんよ」

「そ、それは困る！」

アマテラスは梓からの手紙を受け取り目を通した。体から溢れていた光が柔らかく、優しく変わる。まるで春の日差しのようだ。

「これは……羽鳥梓の心だな……。わたくしは本当にいい仮親を選んだ」

「おてまみ、なんてかいてあるの？」

朱陽がつま先だって覗き込もうとする。

「そうだな、これはおまえたちにも聞かせてあげよう。羽鳥梓がどれだけお前たちのことを愛しているか、大切に思っているか、よくわかる手紙だ」

　アマテラスはそう言うと、草の上に腰を下ろした。子供たちはすぐにアマテラスのそばに寄って、耳を傾ける。

「拝啓　アマテラスさま。アマテラスさまから四つの卵を預かって、もう一年近くたちました。この一年、僕はとても幸せでした。四人の子供たちと一緒に笑ったり泣いたり怒ったり困ったり驚いたり……それが幸せそのものであるということを、僕は今、はっきりと知っています……」

　アマテラスが梓の手紙を読み始める。子供たちはみんな嬉しそうに聞いていた。翡翠も紅玉もクエビコもしみじみと聞き入っている。

　梓だけは家のテレビの前で恥ずかしさに座布団を頭にかぶせて転げまわっていた。

終

　その後、梓は子供たちの「はじめてのおつかいinタカマガハラ」の番組を納めたブルーレイディスクを受け取った。

「タカマガハラの神々は非常に喜ばれた。できればシリーズ化してほしいとの要望もあるぞ」

翡翠は嬉しそうに言ったが、梓はにこやかに「ご遠慮します」と答えておいた。

子供たちと一緒に居間のテレビでそのブルーレイを見ると、みんな大喜びだった。

だが、ヤマタノオロチのシーンは見たがらない。怖いというより泣きそうになったのが恥ずかしいらしい。

「あーちゃん、ちゅぎはかちゅから！」

朱陽は頬を膨らませて宣言する。

「おれだって、ちゃんとやっちゅけるもん！」

蒼矢は天井までジャンプする。

「真の勇者は涙の味を知っている」

白花も「オーガミオー」の名セリフをあげ、手を握った。

「……」

玄輝は小声でつぶやいた。

「え？　なに？」と耳を寄せると「ねてればよかった」とぼそりと言う。

子供たちが大好きなシーンはラストシーン、アマテラスが梓からの手紙を読むところだ。

子供たちのことを考え、愛をこめた手紙の文章を聞いて、みんな嬉しそうだ。梓だけは恥ずかしくてたまらないのだが。

「さあ、みんなみかん食べるか？」

紅玉が腕っぱいにみかんをもってきてくれて、子供たちは歓声をあげる。

おこたに入ってみかんをむいて。

なんでもない日々がこんなに愛おしい。

特別なおつかいは刺激に満ちて面白いけど、当分はタカマガハラに行かなくていいや。

そう子供たちが言ったせいか、今日はぐずついた曇り空。アマテラスの嘆きを受けたのかもしれない。

そんな雲を吹き飛ばすように、羽鳥家では子供たちの笑い声が響いていた。

第五話

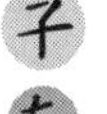
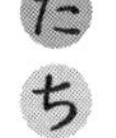

神子たち、お正月を遊ぶ

14

蒼矢と凧揚げ

「お正月は凧揚げだ！」

翡翠がそう言って凧を四つ持って現れた。昔ながらの和凧で、鳶の形をした鳶凧、やっこさんの形をした奴凧、黒々とした龍の一文字が書かれた角凧、そして傘を広げたような変わり凧だ。

「みんなで凧揚げをしよう！」

翡翠がそう言うと子供たちはわあっと大声を上げて喜んだ。だが、

「たこあげってなあに？」

無理もない。凧なんか見るのも初めてだろう。

「これは風を捕まえて空高く揚げるんだ。ぐんぐん空に昇るさまが楽しいぞ」

そんなわけで子供たちは梓や翡翠と一緒に少し離れた場所にある公園へやってきた。気温もさほど低くなく、陽光が降り注ぐ、外遊びには最適な天気だ。

高いビルに囲まれたその公園は芝生が敷き詰められ、裸足で遊ぶこともできる。遊具な

どは置いていないが、思い切り走り回れるので子供たちにも人気があった。

玄輝（げんき）は寝ていたいと強固な意思表示をして——つまり起きなかったため、そして白花（しらはな）は本木貴史の正月特番を観たいと言ったため、紅玉（こうぎょく）と一緒に留守番だ。

公園にはすでに凧を揚げに来ている人もいた。主にビニールでできている洋風のカイトが多い。

「わー、うえにあがってるー」

朱陽（あけび）が日差しに手をかざして言った。

「たかいたかいねー」

「おれだってあそこまでいけるよ！」

「あけびもいけるー」

二人が飛び上がりそうになったので梓はあわてて手を握った。

「今日飛び上がるのはこの凧だけだからね」

翡翠は朱陽に鳶凧、蒼矢に角凧を持たせた。

「それで翡翠さん、飛ばせ方知っているんですか？」

「もちろんだ。一人が凧を持って一人が走るのだ。とにかくやってみよう」

最初は蒼矢が糸を持ち、翡翠が凧を持った。

「では蒼矢、糸を上にかかげて思い切り走れ」

「らじゃー」

蒼矢は敬礼のまねごとをすると、「いっくよー」と叫んで駆けだした。

「わーい！」

「うおおお」

蒼矢が走る。その後ろを翡翠が凧を持って走る。

「蒼矢がんばれー！」

「がんばるー」

「うおおおおお」

梓の声援を受け蒼矢は走った。翡翠も走る。

「……あれ？」

凧は揚がらない。翡翠が手に持っているからだ。

蒼矢と翡翠が芝生の上を駆け回り、やがて梓の元に戻ってきた。

「あのぅ、翡翠さん……」

梓がおそるおそる言った。

「翡翠さんが凧を放さなければ凧は揚がらないのでは？」

「……え？」

翡翠ははあはあと息をして、水だか汗だかを吹き出した顔をこちらに向けた。

「なんだ、貴様！　知っていたのならなぜ声をかけん」

「いや、翡翠さんがご存じだというから」

「今度はおまえがやってみろ！」

翡翠に指を突きつけられ、梓は仕方なく朱陽の鳶凧を持った。凧揚げなんて子供の時も大人になってからもやったことがない。うまくいくかどうか……。

「じゃあ朱陽が走ったら梓も走るからね」

「あいあーい」

「よーい、どん！」

朱陽がたっと走り出した。梓は鳶凧を掲げて走り、適当なところでさっと手を離した。朱陽は糸を持ったまま走るが、凧はすぐに下に落ち、芝生の上を引きずられる。

「あれえ？」

梓は空に揚がっている他の凧を見た。みんな悠々と飛んでいる。どうすればみんなのように空に揚げられるのだろう。

「こんなのおれがあげてやるよー」

蒼矢は翡翠の手から凧を奪うとそれをぽーんと空に放り投げた。凧はそのまま上に揚がっていく。

「あがれあがれ！」

風が蒼矢の足下から渦を巻いて空にあがる。

「あがれあがれ！」

凧糸がからからと回る。凧は見る間に青空の中の白い点になった。二本の長い紙の足が飛行機雲のように伸びてゆく。

「そーちゃんすごーい！」

「蒼矢、力を使ったな」

梓は眉をしかめて蒼矢を見たが、

「いーでしょ？　たこ揚げるだけだもん」と蒼矢は平気な顔だ。

確かに凧は風の力で揚がるだけだが……。

「いいではないか。蒼矢は誰にも迷惑をかけていない」

翡翠が少しばかり不満そうな顔で言う。

「蒼矢はうまく風を掴まえただけだ」

「うーん……」

風を操るのは青龍の力のひとつだ。日常生活で神力を使うのはできれば避けたいのだが。凧が空高く揚がり回りの人々もすごいと楽しそうに見上げている。蒼矢も得意げな顔をしている。

確かに蒼矢は以前に比べてやたらめったら神力を使うことはなくなった。他の子と競うことに力を使ったり、自分の思い通りにしようと振舞うことはない。

蒼矢もちゃんとわきまえるということを覚えた。だったら信頼してもいいだろう。

「わかりました――蒼矢、今回だけだよ」

「おっけー」

蒼矢の返事は軽い。こんな紙の凧を操るくらい、蒼矢にとっては瞬きするほどの力なのだろう。

朱陽や白花に比べて蒼矢は力を使うのがうまい。卵から孵ったばかりのときから、風でティッシュを飛ばして遊んでいた。柱から葉っぱを生やしたこともあるし、もやしを大根ほどの大きさに育ててしまったこともある。

その力をどう使うのか、使ってはいけないのか、ことあるごとに梓は教えてきた。できることをするなというのは可哀そうだったが、その甲斐あって朱陽や白花のように暴走したりすることは少ない。

今の凧も、このくらいなら周囲の人間には気づかれないとわかってやっているのだ。

「蒼矢もずいぶんと成長したなあ」

空に揚がってゆく凧を見ながら梓は呟いた。

「あ、あじゅさ、そーちゃんのたこ、へん！」

朱陽が叫んだ。蒼矢の凧が急にくるくると回って右に左に大きく動き出したのだ。

「あれえ」

下で糸を持っている蒼矢は首をかしげた。

「へんだなー、あがれー」

蒼矢が糸を右手に持ったまま、空いている左手を振る。凧は持ち直したかのように一度揺れるのを止めたが、今度はぐうっと右の方へかしいだ。

「……このっ」

蒼矢が手を左の方に振る。すると凧は左へ移動した。

「うー、おもいーっ」

糸を握った蒼矢の手がぶるぶると震えている。梓にはわからないが、上空で風同士が争っているような感じだった。

「ひーちゃん！　うえになんかいる！」

蒼矢の声に翡翠は眼鏡越しに鋭い目を向けた。

「あっ！　貴様！」

なにか見つけたのか翡翠が叫ぶ。

「降りてこい！　喧嘩を売っているのか⁉」

そのとたん、梓たちの足元に小さなつむじ風が起こった。

「うわっ」

梓はとっさに朱陽を抱きかかえた。翡翠も蒼矢の前に立ちはだかる。

「そんな怖い顔をしなくてもいいだろう、ただの挨拶だ」

いつのまにか一人の青年が梓たちの前に立っていた。手に蒼矢の凧を持っている。

突然現れたのだが、周囲の人は気づいていないようだった。もしかしたら他の人には視えていないのかもしれない。

「貴様……」

「よう、水の精。……翡翠、といったっけ」

言葉を返したのは薄い色の髪を背まで伸ばしたきゃしゃな青年だ。つばの広いソフト帽をかぶり、二重廻しのクラシックなロングコートを着ている。色はどちらも明るい灰色だった。

「翡翠さん、この方は……」

梓は朱陽の髪の間からコートの青年を見上げた。

「これは」

翡翠はいやそうな顔をして紹介した。

「風の精だ。名があるなら名乗れ」

翡翠の投げやりな言葉に風の精は帽子を取って頭を下げる。

「明けましておめでとう。風の精の翠樹(すいじゅ)だ、よろしくな」

「あ、あけまして……」

「おめでとー！」

言いよどむ梓の代わりに抱きかかえた朱陽が元気よく挨拶する。

「おお、立派な挨拶だな。この子は朱雀（すざく）だな」

翠樹はにっこり笑って帽子を頭の上に乗せた。

「そしてこっちが青龍か」

蒼矢はきっと翠樹を睨んだ。蒼矢は少しばかり人見知りもするが、売られた喧嘩は買う性分だ。

「坊主、なかなかいい風使いだったぜ」

翠樹は腰に手を当て、細いからだをほぼ九十度に折って蒼矢に顔を突き付けた。

「なんでたこあげんのじゃますんの」

「邪魔じゃない、挨拶だ」

「おれのたこ、ふりまわしたじゃん」

「こういう由緒正しい和凧が懐かしかったんでね、つい手を出してしまったんだ。悪かったよ、お前がずいぶん上手に風を使っていたから嬉しかったんだ」

蒼矢の目が見開かれた。

「おれ、じょうず?」

「ああ上手だ。当代の青龍よりうまくなる可能性があるぞ」

蒼矢は梓を振り向いてぱあっと笑う。

「あじゅさ、おれ、じょうずだって！」

「うん、よかったね、蒼矢」

「蒼矢っていうのか。いい名だ」

翠樹はぽんぽんと蒼矢の頭を撫でる。

「颪の精、なにしにきたのだ」

翡翠が用心深そうな顔で聞いた。それに翠樹はばさりとコートの裾をはねあげ、

「ただの年始の挨拶だ。そんなに警戒するな」

と笑った。

「しかし――」

「そんなに心配すると涸れるぞ。では俺はもう行くよ」

翠樹はそう言うとふわりと空中に浮く。やはり彼の姿は梓たち以外には見えていないらしい。空に大きくコートが広がっても誰も気にしない。

「青龍、また会おう」

颪の精はそのまままっすぐ上空に上がった。同時に朱陽の持っていた凧や、芝生の上でくつろいでいた人々の持ち物が一斉に空高く舞い上がる。

「わあああっ！」

大勢の人々が驚いて右往左往する。その様子に蒼矢はケラケラ笑った。

「おもしろーい」

「蒼矢、真似をしてはいかんぞ。風の精はいたずらものなのだ」

翠樹の姿が見えなくなったところで梓は聞いてみた。

「翡翠さん、あの人とお知り合いなんですか？」

「知り合いというか……あやつには実は借りがひとつあるのだ」

「借り？」

「いつか返せと言われていたので、今日やってきたのかと思ったのだが……気まぐれなやつだ」

以前病院へ行った時、死んでしまった少女の願いを叶えたことがある。そのときあの風の精に手助けしてもらったのだ、と翡翠は話した。

「そうだったんですか」

「もしかしたらもう忘れているかもしれんがな……蒼矢、もう一度凧を揚げたら帰ろう」

「おー」

蒼矢は走りもしないで手の中の凧を空に飛ばした。朱陽の凧はさっき翠樹が飛ばしたので上にある。その近くに凧を寄せた。

蒼矢と朱陽は風が凧を押し上げる感触を、手の中の糸の重みで楽しんだ。

仲良く並んで泳ぐ二人の凧を、洋風のカイトを持った少年が羨ましげに見ている。さっきから父親と一緒に飛ばそうとしていたがうまくいってないようだった。

それに気づいた蒼矢は凧を梓に預けると、その子のそばに走った。

「たこ、かして」

少年は蒼矢と同じくらいの背格好だった。少年はあわててカイトを背中に回した。

「そら、とばせてあげる」

蒼矢が重ねて言うと少年はおずおずとカイトを差し出した。三角形のエイのような形をした赤いカイトだ。

蒼矢はカイトを片手でぽんと空に放り上げた。たちまち高く昇ってゆく。

「うわ、すげー！」

少年は目を丸くした。さっきから何度走ってもうまく揚がらなかったのに。

「な？」

糸がくるくると引き出され、長く伸びた。蒼矢は糸を少年に返した。

「あかいの、かっけーな」

「うん、かっけー」

空に蒼矢の白い和凧と朱陽の鳶凧、それに見知らぬ少年のカイトが泳いでいる。

「やはり正月は凧揚げだな」

その様子に満足そうに翡翠が笑った。

正月の青空は光をいっぱいに吸い込み、ぴかぴかと輝いているようだった。

朱陽と羽根つき

「お正月は羽根つきだ！」

再び翡翠が叫びだした。凧揚げから帰っておやつを食べているときだ。蒼矢ははしゃいで疲れたのか、玄輝の横で同じような姿で眠っている。

居間の障子を開けると、廊下に翡翠が色鮮やかな羽子板をたくさん抱えて立っている。お姫様の押絵（おしえ）のついたものや、木の板にそのまま着色したものなど四セット。

「はねつきってなーに？」

こたつでミカンをむいていた朱陽が紅玉に聞く。

「あの細長い板で、小さい羽根を打ち合う遊びや。羽根を落としたら顔に墨（すみ）を塗る」

「ふーん、むじゅかしい？」

「そうだねえ」

「今、羽根つきしている子供なんてみませんよ。どうせならバドミントンでしょう」

梓が冷たく言うと、翡翠はきっと見返してきて、

「バドミントンで顔に墨が塗れるのか？」

などと言う。

「翡翠さんは子供たちに墨を塗りたいんですか」

梓の言葉に、翡翠は雨が地面から降ったと言われたような顔をした。

「ばかもの、子供たちの愛らしい顔を墨で汚せると思っているのか！」

「じゃあなんで……」

「私が墨を塗ってもらうのだ！」

当然、といわんばかりの翡翠に梓はどっと疲れを感じた。

「翡翠、翡翠。そもそも子供たちには羽根つきどころかバドミントンだって早いわ。羽根を打つことだってうまくできんやろ」

紅玉が冷静に状況を説明する。

「もう少し大きくなってから再チャレンジしろ」

「そ、そうか……仕方がないな」

翡翠は押絵の美しいお姫様を見た。

「それじゃあ羽子板を抱えた写真だけでも……」

そう頼まれて朱陽と白花が押絵羽子板を抱える。翡翠は畳の上を転げ回って写真を撮った。

「……はあはあはあ。とりあえずはこれで満足だ」

朱陽は羽子板と一緒になっている羽根を指で摘まんだ。

「ひーちゃん。これー、とりさんのはねー？」

「え？　ああ、そうだ。鳥の羽根を着色してある。ビニールなどではない天然ものだぞ」

「ふーん……」

朱陽は羽根をくるくると指先で回していたが、やがてにかっと笑顔を見せた。

「ひーちゃん、あーちゃんはねつきしてみたい！」

朱陽がやる気になったので庭で遊んでみることにした。冬枯れの庭で、桜の木は丸坊主だが、南天の木は青々とした葉に赤い実をつけている。刈り込まれたつつじも葉だけは丸く茂っている。

「あーちゃん……がんばって……」

白花が縁側で応援する。梓や紅玉も並んで縁側に腰を下ろした。

「いっくよー」

朱陽はそう言うと羽子板で羽根を打った。カアンと乾いた音がして、羽根が空に舞い上がる。

「おお？」

意外と高い場所に飛んだので、翡翠が羽子板を持った腕を、シュルシュルと鞭のように伸ばして打ち返す。

朱陽が取るのは難しいかと思ったが、驚いたことに羽根は鳥のようにはばたいて朱陽の元へ戻ってゆく。朱陽は自分の目の前でゆっくりとホバリングしている羽根を打ち返した。

「あれって……」

あきらかに不自然な軌道の羽根を見て、梓が紅玉に聞く。

「ああ、あれ、羽根が鳥のものだったからなあ。あーちゃんがある程度操れるんかもな」

また高くあがった羽根を今度も翡翠は腕を伸ばして打ち返した。

「それって朱雀の力ですか？」

止めようかどうしようかとそわそわする梓に紅玉はゆったり笑った。

「翡翠があんな裏技を使っているんだから、あーちゃんが羽根を操るくらいいいんじゃない？」

「まあ……家の中だし、いいか」

公園で蒼矢が凧揚げの時青龍の力を使った。もしかしたら朱陽はそれが羨ましかったのかもしれない。

「朱陽ー、がんばってー」

声をかけると「がんばるー」と返事があった。

カアンと羽根がまた高く昇る。

「なんの！」

翡翠の水の腕がするすると伸びる。

「朱陽の打った羽根、一打たりとも落とさないぞ！」

趣旨が変わっている。負けて顔に墨を塗られたかったのではないのか？

しかし翡翠の打つ羽根は、どこへ打ってもちゃんと朱陽の元へ戻ってきた。朱陽はもう一度高く打ち上げ、今度は自分も空へ飛びあがった。

「わ、朱陽、だめ！」

梓があわてて立ち上がる。朱陽は空中で翡翠めがけて渾身の一打を繰り出した。

「うわあっ！」

勢いが強すぎて翡翠の手から羽子板が弾き飛ばされる。翡翠はがくりと膝をついた。

「なんということだ……負けてしまった」

「わーい、あーちゃんのかちー」

朱陽は空から降りてくると両手を叩いた。

「こら、朱陽」

梓はサンダルを履いて庭に降りると朱陽の頭に手を置き、わしゃわしゃと赤毛をかき回した。

「あんなに飛び上がって誰かに見られたらどうするの」

「あーい、ごめんちゃーい」

あまり反省していない顔で朱陽は返事をした。注意はしてもさほど梓が怒っていないことがわかるのだ。

「ささ、朱陽。罰の墨を塗ってくれ」

翡翠が嬉しそうに硯と筆を持ってくる。あらかじめ用意していたとは羽根つきに対する並々ならぬ執念（しゅうねん）を感じる。

「これ、どーすんの？」

「筆に墨をつけて……そうそう。それでその筆で私の顔に絵を描くのだ」

「いいのー？」

「もちろんだとも！　これが羽根つきのルールだ」

「ふーん」

朱陽は硯に筆をいれると、たっぷりと墨をふくませ翡翠の顔に当てた。

「えいっ！」

朱陽の筆は翡翠の額からあごまで一気に引き下ろされ、黒々とした線が現れる。

「うわ……っ」

「大胆やなあ、あーちゃん」

思い切りのいい朱陽の筆に梓も紅玉も爆笑する。白花も口に手を当てて笑い出した。

「ひーちゃん、へんー」

自分で描いておいて朱陽もケタケタ笑っている。

顔全体に垂直な線が引かれた翡翠は、まんざらでもなさそうな様子で「記念に写真を撮ってくれ」と紅玉にカメラを渡している。

「朱陽と羽根つきは相性がよすぎみたいですね」

「羽根つき選手権があったらあーちゃんが優勝や」

朱陽は羽根と羽子板を抱えて梓たちを見上げた。

「はねつき、おもちろいね」

「そうか、楽しかったならよかったよ」

「あじゅさもやる？」

「顔に墨を塗らないならやってもいいよ」

「なんというつまらない大人だ、羽鳥梓！」

翡翠に叱咤されたが顔が、いや、存在自体が水でできている人に言われたくない。人間は墨を落とすのが大変なのだから。

「うん、あじゅさにはすみ、ぬんないよ！」

カーン、コーンと穏やかな羽根つきの音が庭に響いた。朱陽の弾ける笑顔を見て、翡翠さんの提案も悪くはないな、と梓は思う。

まあ、言わないけどね。

白花とかるた

「お正月はかるただ！」

しばらく平和だったのにまた翡翠がそう叫んでやってきた。

「いろはかるたに百人一首、怪獣かるたに上毛かるたもあるぞ」

もしかしたら子供たちにかこつけて、こうしたグッズを集めたいだけなのかもしれない。

だが、蒼矢や朱陽が凧揚げや羽根つきを楽しんだように、かるたも楽しんでくれるかもしれない。

最初は簡単に「いろはかるた」。「犬も歩けば棒に当たる」という昔ながらのかるたで犬棒かるたとも言われている。歴史は意外と古く、江戸後期からのものだ。翡翠や紅玉にはなじみ深いものだろう。

「論より証拠」や「花よりだんご」などのように今でもよく使われる言いまわしの他、「総領の甚六」のように現代ではよくわからなくなっているものもある。

「怪獣かるた」は怪獣の名前と特徴が書かれているもので、物語を知っていればより楽しめそうだ。中には「ツインテールはエビの味」というマニア向けの蘊蓄も書かれている。

三度ほどかるたで遊ぶと子供たちも翡翠も満足したらしい。翡翠はかるたを置いていくので好きなときに遊んでくれと帰っていった。

子供たちの中でかるたに一番興味を示したのは白花だ。中でも「百人一首」がお気に召したようで、畳の上に絵札を百枚並べて、なにか法則があるのか、これはこっち、これはあっちと並べ替えて遊んでいる。

漢字交じりの文字はまだ読めないので、ときどき梓に「これはなんてかいてあるの？」と聞いてくる。

梓は意味まで聞かれたら困るなと思いながら書かれた和歌を読んでいるが、白花は音としてとらえているのか意味を聞いてくることはなかった。驚いたことに白花は何度か歌を聞くと覚えてしまう。

ある日、白花は絵札の中からお気に入りの数枚をポシェットにいれた。

ポシェットにはいつもハンカチとティッシュ、虫眼鏡にボールペン、それにはさみとピンセットが入っている。

白花が言うにはそれは探偵道具らしい。彼女はいまだ泥団子探偵をめざしているのだ。

そこに時折おいしそうなハンバーグのチラシやきれいな花の切り抜きなどが入る。そのときそのときに白花が気に入ったものだ。そして今は百人一首のかるたというわけだ。

白花はポシェットを下げて、朱陽と一緒にお隣の仁志田さんの家へ出かけた。おばあちゃんにかるたの絵札を見せたかったからだ。

仁志田さんの家の床の間にはいつも季節ごとの掛け軸がかかっていて、ときどき着物の女の人の絵に変わる。きっとこの絵札も気に入ってくれるだろうと思ったのだ。

「こにちわー！」

インタフォンごしに朱陽が大きな声をあげる。しばらく待つと仁志田のおばあちゃんがまあるい笑顔で玄関を開けてくれた。

「いらっしゃい、朱陽ちゃん、白花ちゃん」

「こにちわー、あ、あけましておめでとー？」

朱陽が元気いっぱい挨拶する。

「どっちでもいいのよ。一日（ついたち）におめでとうって挨拶してもらったしね」

「うん！」

白花はぺこりと頭をさげる。

「こんにちは……」

「はい、こんにちは」

仁志田夫人は優しく答えた。

仁志田家に行くとお茶とお茶菓子をもらい、おばあちゃんやおじいちゃんと話をしたり猫のチヨさんと遊んだりする。話といってもたいていは朱陽が一方的に話すのをおじいちゃんとおばあちゃんがうんうんと聞いてくれる。

ときにはおじいちゃんと一緒に庭の手入れをしたり、むずかしい本を読んでもらったり、おばあちゃんの編み物を見守ったりもする。

仁志田さんの家でそういうなんでもないことをまったりしているのが二人とも好きなのだ。

「おばあちゃん……あのね、しらぁな、いいもの……もってるの」

朱陽がチヨさんをのばしたり丸めたりしている横で、白花はポシェットを開けた。

「あら、今日はなにがでてくるのかしら」

白花のポシェットにはお気に入りの一品が入っていると知っている仁志田夫人は、にこにこと笑顔で見守った。

「えっとね……これ」

白花はかるたの絵札を数枚出してみせた。

「あら、百人一首ね……」

仁志田夫人は手にとって絵を眺めた。

「小野小町に紫式部、持統天皇……お姫さまの札ね……」

カタカタと札を組み替えていた仁志田夫人の手が止まった。現れた一枚の札に向けた目が大きく開かれる。

「……赤染衛門……」

白花はおばあちゃんの顔を見た。おばあちゃんは悲しいような嬉しいような、どっちつかずの顔をしていた。

白花の心にさざ波が静かに寄せてきた。それはおばあちゃんの心だ。懐かしい、せつない、悲しい、後悔、喜び、思い出、喪失、期待、不安、謎、謎、謎……一度にいろいろな気持ちがまざって白花をどっぷりと包む。

（としちゃん……）

耳の後ろでふたつに髪を結んだ少女が笑っている。

（なぞなぞよ……わかったら……）

三角の襟に赤いリボンを結び、少し首をかしげた大人びた少女。だがこちらがなにか言うまえに、さっと振り向いて走ってゆく。木造の建物、光沢（こうたく）のある廊下。窓からの光、流れるピアノの音……。

（待って、むつみちゃん！）

この声はおばあちゃんだ。

（待って、私にはわからないわ。むっちゃん、睦美（むつみ）ちゃん……）

「――しーちゃん」

朱陽が白花の肩を掴んだ。それで白花は我に返った。今、おばあちゃんの心の波に呑まれて、おばあちゃんの昔の思い出の中に行っていたのだ。

「だいじょぶ……」

白花は目をぱちぱちさせて朱陽に答えた。仁志田のおばあちゃんを仰ぎ見ると、その目には涙があった。

「おばあちゃん？」

朱陽がそっと呼ぶ。仁志田夫人はにっこりして服の袖で目元を拭った。

「ごめんなさい、驚かせて。年をとると涙もろくなってやあね」

「どうしたの？　どっかいたい？」

朱陽が心配そうに聞いた。

「ううん、そうじゃないの。昔のことを思い出したの」

「むかし？」

「……かるたのこと？」

白花も聞いた。さっきみたおばあちゃんの昔の景色、まだ若い――お姉さんのようだったおばあちゃんの手には、百人一首の絵札があった。

「ええ。この赤染衛門の札を見たら思い出して……昔々のこと」

仁志田夫人は絵札に視線を向けた。

「やすらはで　ねなましものを　さよふけて　かたぶくまでの　つきをみしかな……」

白花が暗唱（あんしょう）する。まあ、と仁志田夫人は目を見開いた。

「白花ちゃん、覚えているの？」

「すきなの……だけ」

と白花が恥ずかしそうに答える。

「いみはわかんない……」

「そっか」

仁志田夫人は白花を見つめていた目をそっと伏せた。

「昔ね。おばあちゃんがまだセーラー服を着てた頃ね、中学生のときよ……うん、ずっと昔……。この札をお友達からもらったの」

再び目をあけた仁志田夫人は、絵札を膝の上に置き、人差し指で女性の絵を撫でた。

「とても仲のいいお友達だったんだけど、卒業式の少し前に喧嘩をしてしまって……理由はもう思い出せないんだけどね。きっとつまらないことなのよ。なのにおばあちゃん、意地っ張りになって卒業式まで謝らなくて」

くすん、と仁志田夫人は洟をすする。

「でも、むっちゃん……お友達は睦美ちゃんて言うんだけど、卒業したらもう会えなくなるって思って……それで謝るつもりでうちにあった百人一首の札から一枚持ち出して、むっちゃんの机の上に置いておいたの。あの頃、私の学校では百人一首がはやっていて、みんなおうちに持っていたのね」

思い出に浸る仁志田夫人の顔は少女のようにあどけなく見えた。

「朝、登校してきたむっちゃんにはきっと私からだってわかったはずよ。むっちゃんは学校でもかるた部にいたから、当然百人一首の意味も知っているし。でも、その日卒業式が終わるまで、むっちゃんは私にはなにも言ってくれなくて」

「どんなふだ？」

白花が聞いた。梓に読んでもらったことのある札だろうか？

「えっとね。『瀬をはやみ　岩にせかるる　滝川の　われても末に　逢(あ)はむとぞ思ふ』って歌なの。一度分かれてもまた会いましょうって歌で、私の気持ちのつもりだったの」

「われてもすえに……？」

「会わんとぞ思う……会いたいって思ったの。でも、睦美ちゃんは返事をくれなかった」

夫人は眉を寄せ、悲しそうに言った。

「それが、卒業式が終わって帰り間際、睦美ちゃんが走ってきて私に封筒を押しつけたの。私、びっくりしてたら……」

――『なぞなぞよ』

そう友人は言って笑った。

『わかったら教えて』

木造校舎の廊下を友人は去っていった。制服のひだスカートがひるがえり、窓から差し込む日差しにほこりがキラキラしていたのを覚えている――。

「私、すぐに封筒を開けたの。そうしたら睦美ちゃんも私と同じように百人一首の札をいれてた……」

「それが、これ？」

白花は仁志田夫人の膝の上の絵札に触れた。

「ええ。この札と、……あと二枚」

「にまい？」

「あわせてさんまーい」

朱陽が茶々をいれるように大声をあげたので、白花は「しっ」と朱陽を睨んだ。

「なぞなぞ、なあに？」

「それがわからないの」

仁志田夫人は情けない顔をして笑った。

「何日も考えたんだけど、ぜんぜんわからなくて……。そのうち新しい高校生活が始まって、いろいろ考えなきゃいけないことも増えて……おばあちゃん、それを忘れてしまっていたの。あれから百人一首はしなくなっちゃったし……この絵札をみる機会もなくなって」

「むっちゃんはー？」

朱陽が友達の名前を言う。朱陽にとってお友達は梓や白花たちの次に大切なものだ。

「それっきり会うことはなかったわ。なにせ私はむっちゃんのなぞなぞを解けなかったんだもの、会う資格はないわ」

「なぞなぞ、ひんとないのー？」

朱陽が首を傾げる。むずかしいなぞなぞにはいつも梓がヒントを出してくれていた。朱陽は長く考えるのが苦手なので、すぐに答えを聞いてしまうのだが。

「ヒントねえ。あればよかったんだけど、ぜんぜんないのよ」

おばあちゃんは赤染衛門のかるたを白花に返して立ち上がった。

「引っ越すたびにあれは封筒ごと持ってきていたから……」

あっちこっちの引き出しをあけ、他の部屋にも行って、ようやく戻ってくる。

「あったあった。まあずいぶん黄色くなっちゃったわ……」

そういって仁志田夫人は一通の封筒を白花と朱陽に見せた。四角い洋封筒で、うらにかすれた文字がひとつだけ書いてある。

封筒を開けると鮮やかな色合いの絵札が三枚出てきた。封筒は黄色く変色していたが、絵札は退色していない。

「きれーね」

朱陽が絵札を持って遠くにしたり近くにしたりして眺める。白花は封筒を裏表にひっくり返した。

「これ、なんてかいてあるの……?」

かすれた文字を白花が指さす。仁志田夫人はめがねをかけるまでもなく答えた。

「これは睦美ちゃんのサインよ。あの子はいつも自分のものに睦美の「む」って書いていたわ」

「む……」

確かにかすれてはいるが、ひらがなの「む」と読める。

白花は朱陽から絵札を受け取った。女の人が二枚、男の人が一枚。

「これ、どんなおうた？」

男の人の絵札を仁志田夫人に渡すと、夫人はそれに目を落とした。

「来ぬ人を　まつほの浦の　夕なぎに　焼くや　藻塩の　身もこがれつつ……」

百人一首の選者である藤原定家の歌だ。

これは聞いたことがある。梓に読んでもらった、と白花は思い出した。

「これは？」

もう一枚、女の人の絵の札を渡す。

「これは式子内親王ね……玉の緒よ　絶えなば絶えね　ながらへば　忍ぶることの　よわりもぞする……」

おばあちゃんの声は子守歌のように優しい。

「それとこの赤染衛門の歌……やすらはで　寝なましものを　小夜更けて　傾くまでの月を見しかな……。ね？　ヒントもなにもないでしょう？　おばあちゃん、歌に意味があるのかしらってずいぶん本も読んで調べたんだけど、睦美ちゃんの言うなぞなぞの意味もわからなかったの」

「おばあちゃんのふだ……われてもすえに……またあいましょうっておうたね」

「そうよ、崇徳院の歌ね」

「うん……」

白花は赤染衛門の札をじっと見た。おばあちゃんの思い出の中にいた睦美ちゃん。悪戯を企んでいる蒼矢にも似た笑顔だった。

「……しらぁな、わかったかも」

「え？」

白花は黄色く灼けた封筒を指さした。

「これ、ヒント」

「ヒント？」

白花の小さな指が押さえているのは封筒の差出人のところ、「む」という文字だ。

「むって、むっつのこと。おうたのむっつめの『おと』だとおもう」

「むっつめ？」

仁志田夫人は友人からおくられた三枚の絵札をみた。

「たまのおよたえねばたえね……た、やすらわでねなましものを……ね、こぬひとをまつほのうらの……ま……。た、ね、ま……」

仁志田夫人は何度かそのみっつの言葉を繰り返した。

「ね、ま、た……ま、た、ね……？　またね!?」

その瞬間、白花は睦美ちゃんが、花が開いたように大きく笑ったのを見た。これはきっとおばあちゃんの記憶の中にある睦美ちゃんの笑顔。

「まあ……まあ……まあ……っ」

仁志田のおばあちゃんは両手で頬を押さえた。みる間にその頬が紅潮し目が潤んでくる。

「ひどいわ、なんてわかりにくいことをするの、むって書いてあったらむっちゃんのサインだって思うじゃないの！　むっちゃんてば……むっちゃんてば！」

怒っている口調なのに仁志田夫人は笑っている。嬉しい波動が白花をくすぐる。

「白花ちゃん、おばあちゃん、睦美ちゃん探してみていいと思う？」

「いいとおもう」

「同窓会名簿があったはずだわ、ずいぶん見てないけど睦美ちゃんの連絡先あったかしら。わからなくても誰かが知ってるかも。そうだ、矢崎(やざき)さんならわかるはず」

仁志田夫人は独り言を言いながらそわそわと立ち上がる。

「白花ちゃん、ありがとう。六〇年ぶりに謎が解けたって睦美ちゃんに報告できるわ。それでお互いの和歌の通りにしてみるわ」

「わかのとおり？」

「またねって、会いましょうって！　なんて時間がかかったのかしら、本当にありがとう！」

喜びの輝きに包まれている仁志田夫人を見て、白花も朱陽も嬉しかった。白花が朱陽にうなずくと、朱陽もうなずき返した。二人は手をつないで立ち上がる。

「おじゃましましたー」

「おばあちゃん……、またね」

「あらまあ、なんのおかまいもしませんで」

浮かれている仁志田夫人はあわてたのかそんなせりふを言ってしまう。二人は笑って手を振り、仁志田家をあとにする。

「しーちゃん、すごいねー！　たんていさんみたいだったよ」

外に出てから朱陽が白花に感心した顔で言った。

「……ほんと？　しらぁな、ぽあれちゃんみたいなたんてーさんに……なれるかな」

白花は年末に知り合った子役のルイくん演じるグルメ探偵の名をあげた。

「なれるなれる！　そしたらあーちゃん、しーちゃんのじょしゅさんになる！」

「うん……」

「あじゅさにもおはなししようね！」

この話がそのうち梓から翡翠に伝わり、さらに推理作家三波(みなみ)先生にも伝わって、「百人一首は死を告げる」という作品が生まれるのだが、それはまた別の話……。

玄輝と……

「お正月は書き初めだ！　独楽回しだ！　双六だ！　福笑いだ！　焚火だ！　獅子舞だ！」

翡翠が廊下に仁王立ちしていろいろ言う。両手には習字で使う半紙や色とりどりの独楽が入った袋を抱えている。

ちらっと唐草模様の風呂敷みたいなものも見えたので、たぶん獅子舞の道具だ。

「おまえがやりたいだけやろ、それ」

紅玉はこたつに入ったまま顔をこたつ板に乗せて翡翠を見た。

「正月はゆっくりって言葉は翡翠さんの辞書にはないんですか」

梓もこたつでみかんをむいている。

「正月は一年に一回じゃないか！　いろいろやりたくなるのは仕方ないだろう！」

「どんな日だって一年に一回やん」

「焚火や独楽って別に正月じゃなくてもできますよね」

「正月はあれやろ」

紅玉が指を指すと玄輝がこたつの中に首まで埋もれて寝ている。

「うん、見事な寝正月ですね」

「げんちゃんはいつもやけどな」

「朱陽！　白花！　蒼矢！　外で私と遊ぼう！」

翡翠が起きている子供たちに叫んでも、みんなはテレビに視線を向けている。お正月映画の宣伝の特番で、四獣戦隊オーガミオーと超特急ガイアドライブの総集編が放映されているのだ。

もちろん、ＤＶＤや録画で何度も見ているが、合間に出演者のコントが入るのが楽しい。

「ひーちゃん……しーっ」

白花が翡翠を見向きもせずに唇の前に指を立てた。

「はいあーばーどのいいとこなんだから！」

朱陽は久しぶりに見るファイアーバードの雄姿に両の拳を握っている。

「ぶるーどあごん、やっぱかっこいい！　ガイアドライブとどっちつよいかな？」

蒼矢の集中力もまだ途切れていない。

「そんな……みんな、子供は風の子だろう？　外へ行こう……！」

翡翠の大人げない泣き声はテレビの中の爆発音に消される。翡翠は三人を諦め、横になっている玄輝のそばに膝をついた。

「玄輝、正月は独楽回しだぞー……」

翡翠の声もなんのその、玄輝はすやすや寝続けている。寝正月を全力で味わっている。ある意味正月を一番楽しんでいるのかもしれない。

「ああ、お正月が終わってしまう――」

翡翠はカレンダーを見ながら泣いた。そろそろお正月飾りも取れ、世間は通常運行となっている。

「いつまでもお正月気分じゃおられんというわけやな」

「こういう切り替えもお正月ならではですよね」

時は進み、日は過ぎる。たくさん用意したお餅ももうあとわずか。

穏やかに穏やかに、今年も無事に過ごせますように……。

コスミック文庫 α

神様の子守はじめました。14

2022年1月1日　初版発行

【著者】　霜月りつ
【発行人】　杉原葉子
【発行】　株式会社コスミック出版
〒154-0002　東京都世田谷区下馬 6-15-4
【お問い合わせ】　―営業部―　TEL 03(5432)7084　FAX 03(5432)7088
―編集部―　TEL 03(5432)7086　FAX 03(5432)7090
【ホームページ】　http://www.cosmicpub.com/
【振替口座】　00110-8-611382
【印刷／製本】　中央精版印刷株式会社

ISBN978-4-7747-6345-3 C0193